가슴을 뛰게 하는 한마디

가슴을 뛰게 하는 한마디

그래서 지금 행복해?

권준우 지음

내 인생의 스승, 팥잎

온실 속의 화초라는 말이 있다. 어려움이나 고난을 겪지 않고 곱게 자란 사람을 뜻한다. 일견 예쁘고 고귀하고 단아해 보이지만, 이 말은 종종 비아냥거림이나 자기비하의 의미를 갖는다. 어려운 일 없이 자라다 보니 세상 무서움을 모르는 사람이나, 쉽게 상처받는 약한 이를 비유할 때 쓰이기 때문이다.

생각해보면 나도 온실 속의 화초였다. 부유하지는 못했지만 부모님은 내 학업에 아낌없는 지원을 해주셨다. 아무 걱정 없이 공부만 할 수 있는 환경에서 성적은 줄곧 상위권이었고, 항상 칭찬만 들으며 자랐다.

그러나 대학에 진학한 후에는 상황이 180도 바뀌었다. 말주변도 없는 데다 낯을 많이 가리던 스무 살짜리 사내는 더 이상 보호 대상이 아니었다. 험한 말을 내뱉는 선배의 비위를 맞춰야 했고, 의과대학에서의 미묘한 경쟁에 조금씩 지쳐갔다. 좋아하는 여자 앞에서는 꿀 먹은 벙어리처럼 아무 말도 하지 못했고, 선배가 그녀를 가로채 사귀어도 그저 씁쓸하게 돌아서야 했다.

온실 밖의 세상은 내성적인 내게 너무나 가혹했다.

세상의 파도를 이겨내지 못한 나는 차곡차곡 벽돌을 쌓기 시작했다. 실패할까 봐 두려웠다. 남에게 지지 않는 가장 쉬운 방법은 싸우지 않는 것이었다. 그렇게 최소한의 소통만 하며 지냈다. 다행히 동기들과의 관계는 그리 나쁘지 않아서 학업은 잘 따라갔지만 그 외의 시간은 집에 처박혀 지냈다. 시험공부 외에는 집에서 책을 읽거나 글을 쓰거나 게임을 하는 것이 전부였다. 나는 항상 중심에 서지 못하고 겉돌았다.

세상에 나서는 게 두려웠다. 실패하고 상처받는 것이 무서웠다. 졸업을 하고 인턴, 레지던트가 되니 다른 것을 돌아볼 겨를마저 없었다. 그저 하루하루를 버텼다. 그렇게 5년이 지나자 남은 건 전문의 면허증밖에 없었다. 지독하게 무미건조한, 재미없는 삶이었다.

나이 서른이 다 되어서야 부모님으로부터 독립하게 되었다. 온실 속 화초처럼 자라온 내게 사회생활은 곤혹스러운 일이었다. 윗사람들의 비위를 맞추고 아랫사람을 통제하는 것부터 시작해서, 내성적인 내가 사람들과 어울려 농지거리를 하거나 못하는 술을 마시는 일 자체가 괴로웠다. 사람들과 잘 어울리지 못하니 세상이 무서웠다. 꼭 필요한 관계를 제외하고는 세상과 벽을 쌓고 은둔자처럼 살았다. 이사하는 날, 어머니께선 팥을 한 봉지 들고 오셨다. 팥은 귀신을 쫓는다고 한다. 아들이 잘되라는 마음으로 어머니는 집 안 구석구석에 팥을 집어 던지고는 싹싹 쓸어내셨다.

새로운 직장생활은 힘들었다. 저녁이면 이런저런 술자리에 불려갔지만 나는 사람들과 잘 어울리지 못했다. 술을 잘 마시지 못하니 술자리가 재미없었고 얼큰하게 취해 즐거워하는 사람들을 바라보면 괴리감을 느꼈다. 마지못해 받은 두어 잔의 술에 얼굴은 시뻘게지고 심장은 쿵쾅거렸다. 힘들어하며 집에 들어오자마자 침대에 쓰러져 자는 일상이 지속됐다. 하나도 재미없는 인생이었다.

어느 날, 창문을 닫으려고 아파트 발코니에 갔는데 하수관 근처에 뭔가가 돋아난 것이 보였다. 새싹이었다. 집 안에서 싹이 튼다는 게 신기해서 들여다보니, 이사 오는 날 뿌렸던 팥이 하수관 사이에 끼여 있다가 윗집에서 버린 물 때문에 싹튼 것이었다. 별일이 다 있네. 저러다 죽겠지. 대수롭지 않게 생각했다.

며칠 뒤 발코니에 나가봤더니 팥잎이 펼쳐져 있었다. 가느다란 줄기에 달린 몇 개의 팥잎. 신기하긴 했지만 감흥은 없었다. 그래봤자 얼마 못 자라겠지. 나는 또 돌아섰다.

그 후로 나는 가끔씩 팥잎을 살펴보곤 했다. 영양분이 부족해서인지 비실비실한 게 성장이 영 시원치 않아 보였다. 처음엔 무덤덤하게 지켜보았는데 줄기가 50센티미터 정도 자라자 은근히 대견하게 느껴졌다. 팥잎의 결말이 궁금했다. 이대로 하수구에 뿌리를 내리고 자라서 꽃을 피울 수 있을까? 영양이 부족해서 죽어버리진 않을까?

"넌 왜 거기서 그렇게 재미없게 사니?"

어느 날 밤, 무릎을 모으고 쪼그려 앉은 채 팥잎에게 말했다. 참 불쌍한 삶이다. 다른 팥들은 영양분이 넘쳐나는 드넓은 땅에서 쑥쑥 자라는데, 넌 왜 그 좁은 하수관에서 살고 있니.

팥잎에게서 동질감을 느꼈다. 세상에 나가면 더 재미난 일이 있을지도 모르는데, 세상이 무서워 나서지 못하고 스스로 쌓아올린 좁은 벽 사이에 웅크리고 있는 나와 닮았다고 생각했다. 몇 번 해보지 못한 연애는 무미건조했고, 친구들과 신나게 놀아본 기억도 별로 없었다. 남들 다 다녀오는 해외여행 한 번 못해봤고 딱히 취미라고 할 것도 없으며 핸드폰 전화번호부를 살펴봐도 심심할 때 불러낼 친한 이 하나 없었다. 팥잎을 바라보다 보니 가슴이 먹먹해졌다.

그 후로 한동안 정신없이 지냈다. 환자 때문에 병원 일도 바빴고 저녁마다 회식이 있었다. 남들 눈 밖에 나기 싫어 즐겁지도 않은 술자리에 있다가 밤늦게 돌아와 지쳐 쓰러져 잠들곤 했다. 며칠이 지났을까. 그날도 술을 몇 잔 마셔 정신이 몽롱했다. 집에 들어와 침실로 가는데 문득 팥잎이 생각났다. 얼마나 더 자랐을까. 한참 동안 못 봤네. 발코니로 향하는 문을 열어본 나는 그 자리에서 멈춰 섰다.

팥잎이 노랗게 말라 죽어 있었다.

어쩌면 예상하던 일이었는지도 모른다. 하수관에서 팥이 자란다는 것 자체가 불가능했다. 이만큼 자란 것만으로도 대단한 일일지도 모른다. 하지만 말라 죽은 팥잎을 바라보는 내 심장은 너무나 저려왔다. 술기운에 쿵쾅대는 가슴을 움켜쥐었다.

팥잎이 꼭 나를 닮았다고 생각했다. 그렇게 어두운 곳에 혼자 있다가, 무관심 속에 소리 없이 사라지는 모습이. 나도 저렇게 사라지겠지. 이 재미없고 건조한 삶을 그냥저냥 살아가다 누렇게 말라 버리겠지. 술기운 때문이었을까. 눈물이 떨어졌다. 나는 왜 이 팥잎을 아파트 화단에 옮겨 심지 않았을까. 알면서 왜 행동으로 옮기지 않았을까. 나는 왜 내 인생을 이렇게 어두운 곳에 처박아두고 모른 척하며 살았을까. 술에 취해 팥잎을 바라보며 눈물을 쏟은 그날, 나는 나태하고 무미했던 삶으로부터 작별했다. 사람들과 어울리려 노력했고, 하고 싶은 일은 일단 시작했다. 그렇게 열심히 살다 보니 세상이 달라 보였다. 어쩌면 내 인생을 바꿔놓은 스승은 팥잎이었을지도 모르겠다.

블로그에 글을 쓴 지 벌써 4년이나 됐다. 처음에는 그저 내 가슴에 깊은 깨달음을 준 한마디 말들이나 환자와의 에피소드를 함께하고자 했다. 팥잎을 떠올리며 세상과의 소통을 시작하면서 변해가는 내 모습을 늘어놓았을 뿐이다.

'가슴을 뛰게 하는 한마디'의 출판 이야기가 오가면서, 가장 걱정스러웠던 점은 '이런 조언을 해줄 만한 자격이 내게 있을까?' 하는 것이었다. 나는 그저 평범한 사람이다. 어느 한 분야에서도 최고가 되어본 적이 없다. 누군가의 멘토가 되어줄 만큼 지혜가 있는 것도 아니고, 처세에 능하지도 않다.

하지만 내가 출판을 결심한 것은, 내게 그럴 만한 자격이 있기 때문이 아니었다. 내가 부족하고 힘들어하던 시절, 주변 사람들이 건네는 한마디가 절실하게 다가오곤 했다. 어느 위인의 명언보다 친구가 던지는 농담 한마디, 시골 촌부가 중얼거리는 혼잣말이 더 가슴에 사무쳤다. 어쩌면 이 책은 나의 반성 일기일지도 모른다. 내가 듣고 감동받았던, 정신이 번쩍 들었던 한마디들을 적어놓은 일기장이다.

부끄럽지만, 일기장을 공유하는 마음으로 책을 펴내려 한다. 고마운 한마디에 내 인생이 바뀌었듯, 이 글을 읽는 분들에게도 도움이 되었으면 하는 바람이다.

2013년 여름
권준우

제2장 | 하다 보면 된다

제1장 / 두번이면 된다

집에 들어와 방 안을 살펴보았다. 집에 오기만 하면 나는 습관적으로 컴퓨터를 켜고 인터넷에 접속했다. 10년 넘게 지속한 생활. 방 안에 서 있으니 껍데기에 둘러싸인 알 같았다. 달걀은 시간이 지나면 병아리가 되고 병아리는 알껍데기를 깨고 나와야 하는데, 나는 세상이 두려워 알 속에 웅크려 있는 병아리였다. 이미 몸은 자랄 대로 자라서 그곳은 너무나 좁은데, 어떻게든 몸을 욱여넣으면서 밖으로 나가지 않으려 하는 병아리.

처음부터 재미없는 인생을 살고 싶어 하는 사람은 없을 것이다. 그저 그렇게 된 이유가 있을 뿐이다. 팥잎이 말라 죽은 후, 나는 지루한 삶을 바꿀 방법을 찾기 시작했다. 어떻게 하면 즐겁고 행복하게 살 수 있을까. 그즈음 나는 재테크 관련 인터넷 동호회 활동을 하고 있었고 우연히 한 여자 회원을 만나게 되었다. 내가 술을 못 마시기 때문에 차를 마시며 이야기를 나눴는데, 하얀 얼굴에 단정한 모습의 그녀에게 약간 호기심이 생겼다.

다음 모임에서 만난 그녀는 처음부터 사람들과 어울려 술을 마시기 시작했다. 과하게 술을 마신다 싶더니 이내 취해버린 그녀는 비틀거리며 헤픈 웃음을 뿌려댔다. 함께 차를 마신 사람이 맞는지 의심스러울 정도였다. 적당히 분위기를 맞춰주며 소주잔을 홀짝이는데, 이야기의 화제가 야한 동영상으로 넘어갔다. 그 자리에 있던 여자 회원들은 도대체 왜 포르노를 보는지 이해할 수 없다며 목소리를 높였다. 남자 회원들은 나름대로의 논리로 맞받아치고 있었는데, 술에 취한 그녀가 갑자기 팔을 내저으며 끼어들었다.

"맞아요! 남자들이 포르노를 왜 보는지 전 그 이유를 모르겠어요!"

그저 술주정이려니 하고 다들 개의치 않았는데, 그녀가 결정적인 한마디를 덧붙였다.

"나는 실제로 하는 게 훨씬 좋던데. 헤헤."

"야, 너 왜 이래! 미쳤어?"

여자 회원들은 경악하며 그녀의 입을 틀어막았고, 남자들은 술잔을 손에 쥔 채 얼어붙었다. 그와 동시에 몇몇 남자 회원의 눈빛이 음흉해졌다. 나는 그녀의 그런 태도가 마음에 들지 않았다. 단정했던 첫인상 때문에 실망했던 것인지도 모르겠다.

술집에서 나와 3차를 가자는 사람들의 요청을 정중히 사양하고 집으로 향했다. 터벅터벅 지하철역으로 걸어가던 나는 우뚝 멈춰섰다.

내가 그녀를 비난할 자격이 있을까.

어쩌면 내 인생도 포르노로 얽혀 있는 것이었을지 모른다는 생각이 들었다. 남자가 포르노를 보는 이유는, 그렇게 멋진 여자를 현실에서 만나기가 힘들기 때문일 것이다. 사귀자고 말했다가 망신을 당할까 봐 지레 겁이 나서, 연인과 싸우고 상처받는 것이 겁

나서 화면 속의 영상을 사랑하게 된 것은 아니었을까. 현실 세계에서 사람들과 만나 많은 것을 배우고 나를 발전시키기보다 화면 속의 게임 세계에만 몰두했던 것은 아닐까.

"왜 포르노를 보는지 모르겠어요."

그 말이 꼭 나에게 하는 말 같았다. 왜 게임을 하는지 모르겠어요. 실제 세상에서 사람들과 지내는 게 훨씬 좋던데. 왜 집 안에만 틀어박혀 있는지 모르겠어요. 밖에 나와서 스포츠를 즐기며 땀 흘리는 게 훨씬 좋던데. 그녀의 말이 머릿속에서 윙윙거렸다.

집에 들어와 방 안을 살펴보았다. 집에 오기만 하면 나는 습관적으로 컴퓨터를 켜고 인터넷에 접속했다. 10년 넘게 지속한 생활. 방 안에 서 있으니 껍데기에 둘러싸인 알 같았다. 달걀은 시간이 지나면 병아리가 되고 병아리는 알껍데기를 깨고 나와야 하는데, 나는 세상이 두려워 알 속에 웅크려 있는 병아리였다. 이미 몸은 자랄 대로 자라서 그곳은 너무나 좁은데, 어떻게든 몸을 욱여넣으면서 밖으로 나가지 않으려 하는 병아리.

나는 직감적으로 내가 알을 깨고 세상에 나가야 할 때임을 깨달았다.

두 번이면 된다

《논어》에 이런 말이 있다.

계문자는 세 번 생각한 후에야 행동으로 옮겼다. 공자께서 이 말을 들으시고 말씀하셨다.
"두 번이면 된다."

계문자는 지혜롭고 재능이 출중하며, 생각이 깊고 용의주도해 빈틈이 없었다고 한다. 공자는 행동으로 옮기기 전에 깊이 생각해 보는 것은 당연한 일이지만, 너무 깊이 생각하면 오히려 의심이 생겨 바른 판단을 하지 못할 수도 있으니 두 번만 생각하고 행해도 충분하다고 말한 것이다.

이 글을 처음 읽었을 때 혼자 실없이 웃고 말았다. 분명 좋은 말이고 진지한 분위기에서 나온 말일 텐데, 어쩐지 개그 코너 같았다. 진중히 세 번을 생각하고 실행에 옮기려는데, 공자로 분한 개그맨이 "두 번이면 되거든요?" 하며 딴죽을 거는 느낌이었다. 나만의 엉뚱한 공상 때문에 공자님의 이 말씀은 머릿속에 강하게 새겨졌다. 생각이 너무 깊으면 망설이게 되고, 망설이면 기회를 놓치기 마련이다.

'두 번이면 된다'는 말이 기억에 남는 이유는 또 하나 있다. 바로 어머니 때문이다. 어머니는 내가 이사하는 날 내려오셔서 일을 도와주셨다. 내가 짐을 풀고 정리하는 동안 어머니는 여기저기 청소하셨는데, 도배가 문제였다. 도배한 지 얼마 안 된 아파트여서 굳이 다시 할 필요는 없어 보였다. 안방만이라도 할까 했는데 막상 하려니 귀찮았다. 많이 더러운 것도 아닌데 그냥 쓸까? 아냐, 오늘 안 하면 앞으로는 더 하기 힘들어질 텐데 그냥 이사 날 하는 게 낫지. 안 그래도 짐 옮기느라 힘들어 죽겠는데 도배를 꼭 해야 하나? 결정을 못 내리고 한참 고민하는데, 그 모습을 물끄러미 바라보던 어머니가 벌떡 일어나셨다.

"벽지 사러 가자."

"네? 도배하기 귀찮잖아요. 도와줄 사람도 없는데."

"둘이 하면 방 하나 도배하는 건 금방이야."

귀찮은 마음에 투덜거렸지만 결국 어머니의 뜻대로 벽지와 풀을 사서 도배를 시작했다. 두 명이 하니 생각보다 쉬웠고 시간도 오래 걸리지 않았다. 우중충하던 방이 확 밝아졌다. 힘은 좀 들었지만 방이 멋있어지니 기분도 한결 상쾌했다. 어머니가 방을 둘러보며 말씀하셨다.

"힘들어도 도배하고 나니까 맘에 들지?"

"네. 그러네요."

"망설여질 때에는 그냥 해버려야 마음이 편해. 두 번 세 번 생각만 하다가는 끝이 없어."

그때 어머니의 얼굴에서 공자를 느꼈다면 내가 너무 오버하는 것일까? 어머니는 철학을 하시는 분도 아니고, 식견이 뛰어난 분도 아니다. 그저 평범한 대한민국 어머니 중 한 분일 뿐이다. 하지만 그때 해주셨던 그 말씀은 내 가슴에 너무나 강하게 와 닿았고, '두 번이면 된다'는 말이 계속 귓가에 맴돌았다.

사람은 많은 것을 꿈꾸며 살아간다. 내가 이번 시험에서 좋은 성적을 받았으면 하는 것부터 멋진 영화배우가 되어 있는 상상이라든가, 세계를 주무르는 대기업 회장까지 상상의 나래를 펼친다. 문제는, 이러한 꿈들이 대부분 꿈일 뿐이라는 것이다. 꿈꾸기만 할 뿐 그 꿈을 향해 나아갈 생각은 하지 않는다. 여러 가지 생각을 하다 보면 현실성이 떨어지고, 그것을 깨닫는 순간 꿈도 깨지게 된다. 그렇게 끝나는 것이다.

하지만 마음을 다잡고 꿈을 향해 한 걸음 나아가면, 세상은 마법처럼 변한다. 꿈만 꾸고 나아가지 않으면 그것은 하룻밤 망상이 되어 사라지고 현실은 변하지 않는다.

나는 그날 이후, 할까 말까 망설여지는 일이 있으면 마음속으로 '두 번이면 된다'를 되뇌곤 했다. 생각만 해선 변하는 것이 없다. 남에게 피해가 되지 않는 일이라면 망설일 이유가 없다.

이미 말했지만 나는 내성적인 사람이었다. 앞으로 나서는 걸 싫어했고 항상 방에 처박혀 혼자 노는 것을 좋아했다. 튀는 행동은 절대 하지 않으려 했고 남들과 다른 생각, 다른 행동을 하는 것을 두려워했다. 하고 싶은 일이 있어도 망설이다가 마음 접은 일이 한두 번이 아니다. 그렇게 30년 이상을 살아왔다. 인생에서 크게 실패한 적은 없지만, 그렇다고 딱히 뛰어나거나 굉장히 행복한 삶을 산 것도 아니었다.

하지만 그날 이후 내 인생은 조금씩 바뀌기 시작했다. 일단 일을 저지르고 몸으로 직접 부딪쳐봤더니 세상은 신기한 일들로 가득 차 있었다. 내가 망설이기만 하고 행동하지 않았더라면 이런 재미난 일들도 겪지 못했을 것이다.

정말 이루고 싶은 꿈이 있는데 그저 망설이고만 있다면, 지금이 바로 시작할 때일지도 모른다.

"두 번이면 된다."

이 마법의 주문이 내게는 꿈과 환상을 현실로 만들어주는 첫 번째 열쇠였다.

재미있으실 거예요

'두 번이면 된다'를 마음속으로 다짐하며 나는 그동안 망설여왔던 일들을 하나하나 되짚어봤다. 하고 싶은 일은 참 많았다. 그럼에도 하지 못했던 이유는 대부분 '귀찮아서'였다. 딱히 다른 이유를 대기가 힘들었다.

그래서 처음으로 저지른 일이 '고슴도치 키우기'였다. 요즘은 심심찮게 볼 수 있는 동물이지만, 당시만 해도 국내에 애완용 고슴도치를 키우는 사람이 거의 없었다. 나도 처음부터 고슴도치를 키우려 했던 것은 아니다. 개를 키우자니 집에 혼자 두고 일하러 나가는 게 미안했고, 고양이는 왠지 좀 무서웠다. 토끼는 스트레스에 약해서 키우기 힘들다고 하고 햄스터는 서로 잡아먹는다고 하니 선뜻 손이 가지 않았다. 혼자 두어도 외로움을 느끼지 않고, 시끄럽게 소리 내지도 않고, 또 서로 잡아먹지 않고 알아서 잘 자라는 애완동물을 찾다 보니 고슴도치가 딱 맞았던 것이다.

고슴도치는 가시가 쫙쫙 솟아 있어서 무섭지 않느냐고 묻는데, 애완용 고슴도치는 꽤 귀엽게 생겼다. 체취를 기억해서 주인에게는 가시를 세우지 않는다. 고슴도치가 너무 귀여워서 사진이나 동영상을 찍어 인터넷 포털에 올리곤 했다. 다른 의도는 없었고 그저 사람들에게 귀여운 애완동물을 보여주고 싶었을 뿐이었다.

그날도 별생각 없이 동영상을 올렸다. 내가 키우던 고슴도치 '뽀미'를 손 위에 올려놓고 쓰다듬는 모습이었는데, 뽀미는 내 손이 편안했는지 인형처럼 얌전히 있었다. 다음 날 포털 네이버를 본 나는 깜짝 놀랐다. 내가 올린 동영상이 메인 화면에 떡하니 올라와 있는 게 아닌가.

신기한 일이었다. 사람들은 내가 올린 동영상을 보고 고슴도치가 너무 귀엽다며 댓글을 달았다. 동영상 조회 수가 순식간에 40만에 이르렀다. 이렇게 폭발적인 관심을 받아보는 것은 처음이었다. 살다 보니 별일이 다 있구나. 나는 신이 나서 동영상 몇 개를 더 올렸고, 역시 좋은 반응을 얻었다. 이 동영상은 그해 연말에 '플레이베스트'라는 동영상 인기 순위 후보에도 올랐었다.

동영상이 이슈가 된 지 한 달이 채 되지 않은 어느 날 저녁, 전화가 한 통 왔다. 낯선 번호였다.

"안녕하세요? 저는 KBS 쇼파워비디오의 방송 작가 ○○○입니다."

“네?”

방송국에서 걸려온 전화였다. 네이버에 올라온 동영상을 봤는데 고슴도치들이 너무 귀여워서 취재하고 싶다는 것이었다. 그런데 방송에 나가려면 어쩔 수 없이 나도 인터뷰에 응해야 했다.

“제가 방송에 출연해본 적이 없어서 자신이 없는데요.”

“간단히 몇 마디 하시면 돼요. 전혀 걱정하실 필요 없습니다.”

“그래도…….”

사람들 앞에 나서기를 싫어하던 나는 TV에 출연할 엄두가 나지 않았다. 하지만 작가는 집요했다.

“그렇게 어려운 일도 아니고, 사실 TV에 나오는 게 자주 있는 일은 아니잖아요? 재미있으실 거예요.”

재미있으실 거예요. 방송 작가의 한마디에 마음이 흔들렸다. 그 순간 떠오른 것은 역시 ‘두 번이면 된다’였다. 방송에 출연하는 게 흔한 일도 아닌데 한번 해봐도 좋지 않을까? 재미있지 않을까? 나는 그녀의 제안을 받아들였다.

열흘쯤 뒤, 피디가 우리 집을 찾아왔다. 방송 작가는 인터뷰만 하면 된다고 했지만 피디의 말은 달랐다. 방송 분량을 확보하려면 에피소드를 재연해야 한다고 했다. 결국 나는 뽀미를 잃어버린 상황을 설정하고 고슴도치를 찾는 연기까지 해야 했다. 피디의 질문에 대답했고, 좋은 장면이 나올 때까지 촬영은 계속됐다. 간단할 것 같았던 촬영은 결국 1박 2일의 일정이 지나서야 끝났다.

방송이 나오던 날, 가족들이 모두 모여 TV를 시청했다. 드디어 '뽀씨네와의 까칠한 동거'라는 타이틀과 함께 방송이 시작됐다. 화면에 나오는 내 모습을 보니 얼굴이 화끈거렸다. 어쩜 저렇게 촌스럽고 말은 왜 저렇게 어눌하게 하는지. 가족들도 신기해하며 막 웃었다.

프로그램이 끝나자 TV를 본 사람들에게서 연락이 오기 시작했다. 모두들 아무 생각 없이 일요일 아침 TV를 보다가 내 모습이 나오는 것을 보고 깜짝 놀랐단다. 다음 날 병원에 갔더니 간호사, 환자들이 TV 얘기를 했다. 왠지 부끄럽기도 했지만 사람들로부터 관심을 받는 것이 그리 나쁜 기분은 아니었다. 내가 예전처럼 껍데기 안에만 틀어박혀 있으려 했다면 이런 흥미로운 경험을 할 수 있었을까. 밋밋하던 내 삶의 들판에 조그만 들꽃 하나가 쏙 자라난 느낌이었다.

두 번째로 저지른 일은 '스노보드'였다. 내가 어릴 적만 해도 스키나 스노보드는 꽤 고급스러운 취미였고, 집안 형편이 넉넉하지 못했기에 접할 기회가 별로 없었다. 대학생이 되어서야 처음으로 스키장에 놀러 갈 수 있었는데, 스키는 겨우 빌렸지만 스키복이 없던 나는 청바지에 가죽 잠바 차림이었다. 강습은 꿈도 꾸지 못했다. 선배에게 간단한 설명을 들은 후 곧장 리프트를 타고 올라갔다. 지금 생각해보면 거의 생존 스키였다. 마구 넘어지고 펜스에 부딪히면서 겨우겨우 기어 내려왔다. 그래도 스키를 처음 타봤다는 데 만족하고 있었다.

스키를 잘 탄다는 것은 스키 위에서도 자기 중심을 유지하며 편안하게 내려오는 기술을 익히는 것인데, 당시의 나는 빠르게 내려

오면 잘 타는 줄만 알았다. 초보자가 빨리 내려오려 하다 보니 다리가 엉키면서 크게 넘어지고 말았다. 그 바람에 스키는 날아가고 눈에 얼굴을 처박아 안경은 눈 범벅이 되어버렸다. 온몸이 아파 겨우 끙끙대며 일어서는데, 아래에 서 있던 금발 외국인이 나를 바라보며 물었다.

"Are you OK?"

고개를 끄덕였는데, 갑자기 내 모습이 너무 초라하게 느껴졌다. 멋진 스키복을 입고 늠름하게 서 있는 그와, 청바지에 가죽 잠바를 입고 눈에 처박힌 나는 딴 세상 사람 같았다. 부끄러움에 벌떡 일어나 스키를 주워 신었다.

그날 이후 나는 스키장에 거의 가지 못했다. 비용도 부담스러웠지만 무엇보다 같이 갈 사람도, 가르쳐줄 이도 없었다. 미루다 보니 서른 살이 넘도록 배우지 못했다.

어느 날 TV를 보다가 아이가 스키 배우는 장면을 보았다. 아이는 스키를 타고 싶어 하는데 아버지는 스키를 싫어했다. 결국 아이 혼자 리프트를 타고 올라갔고 아버지는 슬로프 아래에서 오들오들 떨며 아이를 기다릴 수밖에 없었다. 그 장면이 무척 싫었다. 만약 내 아이가 스키를 배우고 싶다면, 직접 가르쳐주고 싶었다. 적어도 아이가 내려오는 모습을 슬로프 하단 먼발치에서 바라보는 그런 아버지가 되고 싶지는 않았다.

하지만 마음만 그럴 뿐, 귀찮았다. 추운 날씨에 밖으로 나가는 것도 탐탁지 않았고, 같이 스키를 탈 친구도 없었다. 귀찮은데 배울까 말까. 누구한테 배워야 할지도 모르겠고, 가르쳐줄 사람도 없는데 어떻게 하지. 그냥 그만둘까. 그런 내게 떠오른 말이 '두 번이면 된다'였다.

나는 바로 인터넷 검색을 시작했다. 나에게 스키를 가르쳐줄 사람을 찾아내기 위해 여기저기 들쑤시고 다녔다. 마음이 간절하면 하늘도 알아주는 것일까. 신입 회원에게 스노보드를 가르쳐주겠다는 동호회를 찾아내고 바로 등록했다.

운동치인 나는 스노보드를 신고 일어나는 것조차 힘들었다. 남들보다 뒤처지는 운동신경 때문에 배우는 것도 더뎠다. 무릎에는 늘 피멍이 들어 있었고 하도 넘어져 엉덩이는 항상 얼얼했다. 그래도 포기하지 않았다. 친구가 술 마시고 퍼질러 자던 날도, 나는 해가 뜨지 않은 새벽에 일어나 슬로프로 향했다. 새벽 타임이 시작되자마자 리프트를 타고 올랐다. 밤새 잔뜩 얼어붙은 눈을 가르며 스노보드를 타는데, 그때의 상쾌함을 결코 잊을 수 없다. 퍼뜩 깨닫듯 숏턴(short turn)을 하게 됐다. 촥- 촥- 보드가 눈을 가르는 소리와 함께 바람 속을 달리고 있었다. 그 두근거림. 이래서 스노보드를 타는구나.

한 시즌 동안 열심히 연습했고, 시즌 막바지에는 동호회 모임을 통해 일본으로 건너가 전일본스키연맹(SAJ)에서 주관하는 테스트에서 2급 스노보드 지도자 자격증을 얻기도 했다. 사실 2급 자격증이 별로 대단한 것은 아니기에 자랑할 정도는 아니지만, 겨울이면 집 안에 틀어박혀 이불 뒤집어쓰고 귤이나 까먹던 내가 스노보드를 배우고 지도자 자격증까지 얻었다는 것 자체가 내 인생에는 혁명 같은 일이었다.

일본에서 테스트를 하고 마지막 일정을 즐길 때였다. 코스가 합류되는 지점에서 외국인 스키어와 맞닥뜨렸는데, 하마터면 부딪칠 뻔했다. 나는 몸을 비틀며 일부러 넘어졌고, 그도 황급히 몸을 피했다. 아슬아슬한 순간을 벗어난 후 그가 외쳤다.

"Are you OK? I'm sorry!"

나는 손을 흔들어 화답했다. 그도 손을 흔들며 다시 스키를 탔고, 눈 위에 앉아 그의 뒷모습을 바라보는데 대학 시절 스키장에서 만났던 외국인이 생각났다. 그도 같은 말을 했었다. 그때는 왜 그렇게 부끄러웠을까. 아마도 내가 OK 상태가 아니어서였을 것이다. 서투른 내 실력이 부끄러웠던 것이다. 사람들과 어울리는 게 어색해서, 스키 가르쳐달라고 부탁하는 게 어려워서 그 부끄러운 실력을 10년 가까이 외면하고 살았다. 마음을 다잡고 노력하니 몇 달이면 될 일인데도 말이다.

똑같은 'Are you OK?'였지만, 받아들인 느낌은 사뭇 달랐다. 나는 불현듯 깨달았다. 남들과 함께하려면 그만큼의 노력이 필요하다는 것을. 무언가를 연습하며 성취해가는 과정은 남들 위에 서기 위함이 아니라 남들 옆에 서기 위해서였다. 아무 노력도 하지 않으면 괜한 자격지심만 쌓이지만, 조금만 노력하면 사람들 옆에 서서 웃으며 걸어갈 수 있다는 사실을 그제야 깨달았던 것이다.

그토록 좋아하던 스노보드였는데, 다음 해 문제가 생겨 동호회가 깨졌고 나도 개인적인 일들 때문에 한 시즌을 쉴 수밖에 없었다. 공백기가 길어지면서 스노보드에 대한 열정이 식었는지 별다른 흥미가 나지 않았다.

"요즘 스노보드 타는 게 재미없어요."

나의 푸념을 들은 지인이 말했다.

"일본에 야마가타 자오라는 곳이 있는데 한번 가보는 게 어때? 국내에서 타는 거와는 완전히 다를 텐데."

본인이 가본 일본 스키장 중에서 가장 마음에 드는 곳이라 했다. 그리고 메일로 사진 몇 장을 보내주었다.

사진을 보는 순간 감탄이 절로 나왔다. 너무 아름다웠다. 드넓은 스키장에 흰 눈이 가득 쌓여 있고, 곳곳에 눈꽃이 피어 있으며 유황 온천에서 피어오르는 김이 환상적이었다. 가슴이 두근거렸다. 이 느낌은 스노보드를 배우면서 처음 숏턴에 성공했을 때의 그 설렘이었다.

친구를 꼬드겨 일본으로 향했다. 야마가타 자오 마을에 도착했을 때 나를 반긴 것은 꼬릿한 냄새가 나는 유황 온천이었다. 온천이 시냇물처럼 흘러갔다. 이국적인 료칸(일본의 전통 숙박 시설)은 내 가슴을 들뜨게 했다.

다음 날 스키장에 올라간 나는 정말 이런 곳이 다 있나 싶을 정도로 감격했다. 새하얀 눈꽃이 만개한 나무 사이로 리프트를 타고 올라가면, 사람을 찾아보기 힘든 넓은 슬로프를 나 홀로 내려올 수 있었다. 너무 좋아서 밥 먹는 것도 잊은 채 계속 스노보드를 탔다.

아름다운 곳이었지만 웃지 못할 에피소드들도 많았다. 300년 전통의 미야마소 다카미야 료칸에서 묵었는데, 아뿔싸. 료칸의 할아버지 할머니가 영어를 전혀 못하는 게 아닌가.

일본어는 몰랐지만 그래도 별일이야 있겠나 싶어 손짓 발짓으로 의사소통하며 체크인을 했다. 저녁 식사 시간이 되어 식당에 갔는데 목이 말라 차가운 물이 먹고 싶었다. 하지만 할머니는 나의 영어를 알아듣지 못했다.

"익스큐즈 미, 콜드 워터 플리즈."

할머니는 미안한 표정을 지으며 고개를 갸웃거렸다. 물 주세요, 물. 손으로 잔을 들어 마시는 시늉을 하자 할머니 얼굴이 한순간 밝아졌다. 알겠다며 고개를 끄덕이고 종종걸음으로 사라진 할머니가 가져온 것은 차가운 물이 아닌 사케 메뉴판이었다. 내 손짓을 술 마시는 시늉으로 알았던 것이다.

할머니와 나는 한동안 물 한 잔 때문에 실랑이를 벌여야 했고, 결국 멀리 떨어져 있던 자리의 한 젊은 커플이 우리의 대화를 듣고 할머니에게 통역을 해줘 겨우 물 한 모금 마실 수 있었다. 그다음부터 '물 주세요'라는 뜻의 '오미즈 구다사이'는 절대 까먹지 않는다. 또 할아버지가 메뉴판을 들고 와 다음 날 저녁 메뉴를 고르라는데, 그걸 알아듣지 못해 한참 동안 옥신각신했다. 맛집이 어디인지도 알 수가 없어 이자카야(선술집)를 찾아 헤맸다. 일본 술집에는 '오토시'라는 일종의 자릿세(table charge)가 있는데, 그걸 몰라 당황하기도 했다.

한국에 돌아온 나는 '나처럼 불편을 겪는 사람이 없어야겠다'는 생각으로 블로그에 글을 썼다. 야마가타 자오의 맛집과 숙소 선정, 애프터 스키로 즐길 수 있는 것들을 하나하나 자세히 적어 올렸다. 야마가타 자오 스키장에 갈 사람들에게 정보를 주겠다는 목적 외에는 별 의도 없이 올린 글이었다. 그런데 글에 대한 반응이 좋았다. 문의가 오기 시작했다. 어느 여행사를 통해 갔느냐, 숙소는 어떠냐 등등 나처럼 고민했던 사람들이 많았던 것이다.

내친김에 그 후로 다녀온 스키장은 모두 정리하기 시작했다. 앗피, 하쿠바, 시가 고원, 후라노 스키장 등 해가 지날수록 블로그에 쌓이는 정보도 많아졌다.

내 블로그가 일본 스키 원정을 하려는 사람들 사이에서 입소문을 타자 여행사에서도 나를 의식하기 시작했다. 내 블로그가 투어앤스키닷컴이라는 일본 스키 전문 여행사 홈페이지에 링크되었던 것이다. 2011~2012 시즌이 되었을 때, 투어앤스키닷컴에서 원고 청탁이 들어왔다.

"이번에 일본 스키 여행 가이드북을 만드는데 원고를 하나 써주셨으면 합니다."

흔쾌히 수락했고, 내가 쓴 나가노의 시가 고원 여행기가 가이드북에 실려 스키·스노보드 마니아들에게 수천 부나 배포되었다. 2012~2013 시즌에는 일본스키닷컴의 요청으로 일본 관광국에서 후원하는 가이드북에 홋카이도 토마무 여행기가 실렸다.

어느 날 블로그에 접속하니 쪽지가 있었다. 올해 일본 원정을 가고 싶은데 어디로 가야 할지 모르겠다는 문의가 와서, 답장을 보냈더니 감사 쪽지가 온 것이었다. 쪽지 말미에는 이렇게 적혀 있었다.

'덕분에 일본 스키 여행에 대한 걱정을 많이 덜었습니다. 역시 일본 스키 여행 전문가시네요. 기회가 되면 꼭 한 번 만나뵙고 싶습니다. 같이 스키도 타고요.'

쪽지를 읽고 기분이 야릇했다. 나는 커피 한 잔을 타서 창가로 갔다. 찬 바람이 불어왔다. 바야흐로 스노보드 시즌이었다.

'꼭 한 번 만나뵙고 싶습니다.'

불과 몇 년 전만 해도 이런 식의 말을 들어본 기억이 없다. 누군가에게 스노보드에 관해 도움을 줄 수 있다고 생각해본 적도 없었다. 나는 그저 방구석에 처박혀 게임이나 하는 외톨이였는데. 도대체 어떻게 된 일일까.

곰곰이 생각해보니, 발단은 '두 번 생각하지 않고 스노보드를 배우겠다'고 생각한 그때였다. 마치 나비 효과처럼, 산비탈을 굴러가는 눈덩이처럼 나도 모르는 사이에 일본 스키 여행 전문가라는 소리까지 듣게 됐다. 사실 그 정도의 실력과 지식을 가지고 있지는 못해서 듣기 부끄러운 호칭이지만 어쨌든 누군가에게 필요한 사람이라는 것은 기분 좋은 일이다. 그때 내가 스노보드를 배우는 것이 귀찮아서, 사람들과 어울리는 것이 멋쩍어서 또 한 번 회피했다면 내 인생은 스노보드와는 전혀 무관하게 흘러갔을 것이다. 스노보드를 타면서 느끼는 즐거움도 모른 채 말이다.

그러고 보면 인생이란 참 사소한 갈림길에서 크게 변하는 모양이다.

여기까지 읽었다면 아마 두 가지 반응이 나타날 듯싶다.

"집에만 처박혀 있던 은둔형 외톨이가 마음을 다잡으니 인생이 재미있어졌구나!"

"변한 건 사실이지만 그리 대단한 건 아니지 않아? 누구나 할 수 있는 거잖아? 별것도 아닌 거 가지고 자랑질이네."

나도 그렇게 생각한다. 출판 의뢰를 받았을 때 가장 먼저 떠오른 것은 '과연 내가 그럴 만한 자격이 있을까?'였다. 자기 계발서를 쓰는 사람들은 모두 대단한 이력을 가지고 있다. 맨손으로 시작해 굴지의 대기업을 일으켜 세웠거나, 운동이든 연예 활동이든 자기

분야에서 최고의 자리에 올랐거나, 열악한 상황을 극복하고 유명 대학의 학위를 받거나 촉망받는 기업 임원이 되는 등 모두 '성공 스토리'에 걸맞은 위치에 있다.

그에 비하면 나는 초라하다. 자랑이라고 해봤자 의사 면허증이 있다는 것 정도인데, 평범한 가정에서 태어나 큰 고생 없이 의사가 되었기에 딱히 고난과 역경을 이겨냈다고 할 수도 없다. 고슴도치를 키운 일로 TV에 나왔지만 그게 아주 놀랄 만한 일도 아니고, 절정의 스노보드 고수도 아니요, 그렇다고 해서 일본 스키 여행의 전문가도 아니다. 아널드 슈워제네거 같은 완벽한 근육남도 아니고 조앤 K. 롤링처럼 베스트셀러 작가도 아니다. 나 자신이 그리 뛰어나지 않고, 성공했다고 할 수도 없는 사람인데 남에게 조언한다는 것은 어폐가 있다.

그런데 곰곰이 생각해보니, 내가 한창 자기 계발서를 쌓아놓고 보던 시절이 떠올랐다. 병원에서 진료를 하고 집으로 돌아와 책을 읽고 TV 보다 잠드는 생활을 반복하던 나는 '이렇게 나태한 삶을 살아서는 안 되겠다!'는 반성을 하고 자극제를 찾기 시작했다. 때마침 자기 계발서들이 쏟아져 나오던 때라 몇 권씩 쌓아놓고 읽었는데, 자기 계발서 안에는 내가 바라던 인생 성공기가 듬뿍 담겨 있었다. 어려움을 이겨내고 위기를 벗어나는 스토리를 읽을 때면 내 가슴속에서도 용기가 솟구쳤다. 그래! 나도 할 수 있어! 나도 우리나라 최고의 의사가 될 수 있을 거야! 베스트셀러 작가가 될 수도 있지! 해외로 나가 더 큰 세상에서 놀아볼까? 내게 의사 말고 또 다른 재능이 있을지도 몰라! 두근거리는 가슴으로 잠들곤 했다.

그러나 다음 날, 평소와 다름없이 병원에서 진료를 보고 집으로 돌아와 침대에 누워 TV를 보다 잠들었다.

왜 그랬을까? 그토록 깊은 감명을 받았다면 몸소 실천해서 훌륭한 사람이 되었어야 하는데, 왜 나는 몇 년이 지나도록 똑같이 무기력한 생활을 하고 있었을까?

뒤늦게야 깨달았다. 귀찮아 했기 때문이라는 것을.

남자들은 자신의 성적 환상을 충족시키기 위해 포르노를 본다고 한다. 여자는 남자가 포르노 보는 걸 비난하지만, 여자도 마찬가지로 환상을 충족시키기 위해 포르노를 본다. 다만 그 방법과 분야가 다를 뿐이다. 여자들이 즐겨 보는 드라마에는 신데렐라 스토리가 많다. 천한 신분의 여자가 왕자님의 눈에 띄어 청혼을 받는 스토리는 여자들의 환상을 충분히 만족시켜준다. 여성을 위한 포르노라고 볼 수 있다.

자기 계발서는 야망의 포르노다. 힘든 현실을 벗어나고 싶은 마음, 성공해서 남들보다 높은 곳에서 내려다보고 싶은 인간의 욕망을 자기 계발서는 마약처럼 포르노처럼 어루만져준다. 자기 계발서만 읽으면 나도 뭐든 다할 수 있을 것 같고, 이대로 살아가면 금세라도 세계의 유명인들과 어깨를 나란히 할 수 있을 것 같은 착각이 든다. 하지만 현실은 어떤가? 큰 깨달음을 얻고 책에 쓰인 것처럼 열심히 살아가는 사람은 거의 없다.

솔직히 말하자면, 그렇게 훌륭한 인물이 될 생각이 없었던 것이다. 그저 한순간, 자기 계발서에 취해 야망을 사정하고 만족감에 빠져 잠드는 것, 그것만으로도 행복했던 것이다. 막상 열심히 사는 것은 귀찮고 힘들었다. 이것저것 자기 계발서를 읽어가며 하루하루 야망을 잠재우는 것이 훨씬 편하고 좋았던 것 아닐까.

누군가가 이렇게 물은 적이 있다.

"만약 네가 연예인과 사귄다면 김태희랑 사귈래, 한가인이랑 사귈래?"

별것 아닌 농담이지만, 이 말을 듣고 그동안 내가 자기 계발서라는 포르노에 푹 빠져 있었다는 것을 퍼뜩 깨달았다.

이 질문에 숨은 진실은, 결코 김태희랑 한가인이 나와 사귈 리 없다는 것이다.

자기 계발서는 말한다. "김태희가 내 애인이 될 수 없다는 생각을 버려라! 끊임없이 노력하면 당신도 최고의 여배우를 여자 친구로 만들 수 있다!"라고. 읽다 보면 어느새 김태희가 내 애인인 것처럼 느껴질 수도 있다. 하지만 현실적으로, 내가 김태희의 애인이 될 확률은 0에 가깝다.

애인을 만들고 싶다면 김태희 말고 주변 아가씨들에게 먼저 말을 걸어야 한다. 너무 먼 길을 바라보면 좌절하고 외면하게 된다. "김태희랑 사귈래, 한가인이랑 사귈래?"라고 물은 사람은 이미 알고 있다. 그 둘을 절대 사귈 수 있을 리 없다는 것을. 목표가 너무 높으면 비현실이 된다.

행복하게 살고 싶다면, 그렇게 훌륭한 사람이 될 필요도 없고 엄청난 대기업의 회장이 될 필요도 없다. TV에 잠깐 나오고 포털 메인 화면에 소개되는 것만으로도 인생의 꽃이 핀다. 스노보드를 타고 하얀 눈 위를 넘나드는 것만으로도 행복할 수 있다. 그런 대단하지 않은 것들이 삶을 아름답게 만들어준다. 한가인보다 못났을지언정 마음 착한 여자 친구가 옆에 있으면 행복한 연애를 할 수 있다.

자기 계발서의 덫에서 하루빨리 나왔으면 한다. 정작 중요한 것은 작은 꿈을 향해 한 발자국 떼는 것이지, 그렇게 큰 꿈을 꾸기만 하는 것이 아니다. 골방에 처박혀서 "김태희도 좋고 한가인도 좋은데 누구랑 사귀지?" 하며 머리를 싸매고 행복한 고민을 해봤자 세상은 달라질 게 없다는 말이다. 문을 열고 한 발짝 나오면, 그곳에는 TV도 아니고, 드라마도 아니고, 게임도 아닌 진짜 세계가 있다. 힘들지만 그만큼 사랑스럽고 행복한 현실 세계 말이다. 망설이지 말자. 웰컴 투 리얼 월드.

제가 좋아서 하는 일인걸요

일본 홋카이도 삿포로에서 버스로 세 시간 정도 달려 니세코 유나이티드 스키장에 도착했다. 버스 정류장에 내린 일행은 눈보라 속에서 지도를 펴들고 숙소인 '로지 코로폿쿠루'를 찾아 헤맸다. 엄청나게 퍼부어대는 눈 때문에 발은 푹푹 박혔고, 낯선 일본 간판은 어디가 어딘지 구분하기 힘들었다. 겨우겨우 코로폿쿠루를 찾았을 때에는 머리와 어깨에 눈이 하얗게 쌓여 있었다. 짐은 무겁고 손은 빨갛게 얼어붙어 신경질이 날 지경이었다. 다다미방 안에서 몸을 녹이는 우리에게 한 남자가 다가왔다. 그것이 니세코에서 현지 여행사를 운영하고 있는 토모 씨와의 첫 만남이었다. 1년 내내 니세코에서 생활하는 토모 씨는, 이름을 들으면 일본인인 줄 알겠지만 사실 토종 한국인이다.

토모 씨를 만날 무렵, 나는 스노보드에 싫증이 나 있었다. 처음 스노보드를 배울 때의 신기함도 없고, 최상급 슬로프를 타도 재미있다기보다는 신경 쓰이고 귀찮다는 느낌뿐이었다. 처음에는 감격스러웠던 일본 원정도 무덤덤해져갔다. 그런 내게 토모 씨는 신선한 제안을 해왔다. 슬로프가 아닌 야생의 눈 위를 달려보는 건 어떻겠냐고.

"위험하지 않을까요? 길을 잃을 수도 있고."

"물론 아무 데나 다니면 위험하죠."

그의 눈동자에는 니세코의 나무 사이를 수없이 누벼온 사람만의 여유가 묻어났다. 가이드를 따라 위험하지 않은 곳만 다니면 된다고 했다. 과연 그게 재미있을까. 토모 씨는 웃었다.

"새로운 세상이 열릴 겁니다."

우리나라에선 오프피스테(off-piste)로 불리는, 정규 슬로프가 아닌 지역을 타는 것은 엄격히 금지되어 있지만 일본이나 캐나다 등에서는 어느 정도 묵과되고 있다. 홋카이도 토마무 스키장의 경우 등록만 하면 슬로프 외 전 지역을 스노보드로 다닐 수 있는 허가를 내주기도 한다. 아오모리 하코다 스키장은 정규 슬로프가 거의 없고 오프피스테에 특화되어 있을 정도다. 니세코 스키장도 '절대 위험지역'을 제외한 오프피스테는 허가하고 있다.

그를 따라 나무숲 사이로 들어가면서 나는 처음 일본 스키장에 왔을 때의 희열을 다시 한 번 느꼈다. 무릎까지 푹푹 박히는 눈을 달리다 보면 구름 위에 떠 있는 것만 같았다. 아무도 건드리지 않은 깨끗한 눈밭을 지나가는 기분은 무척 상쾌했다. 그의 말대로, 새로운 세상이 열렸다.

스노보드를 다 탄 후, 그를 저녁 식사에 초대했다. 인근의 선술집에서 함께 술을 마셨는데 어떻게 이곳에 정착하게 됐는지 궁금했다.

"일본 스키장 여러 군데를 모두 다녀봤는데, 이곳이 가장 좋더군요."

"일본에 계속 계시면 외롭지 않으세요?"

"제가 좋아서 하는 일인걸요."

그는 웃었다.

로지에 돌아와 잠을 청하려고 누웠다. 토모 씨의 말이 귓가에 어른거렸다. 어쩌면 동질감 같은 것을 느꼈는지도 모른다. 생각해보니 모두 그런 이유에서 일본 스키장을 찾는 듯싶었다.

일본 스노보드 원정을 자주 다니다 보니, 자연스레 여행사 대표들과 친하게 지냈다. 그들의 공통점은, 좋아하는 것을 하다 보니 어느새 일본 원정 여행사를 운영하고 있더라 하는 것이었다.

일본스키닷컴의 한왕식 대표야말로 스키가 좋아서 일본 스키장을 누비다가 아예 그것이 직업이 된 예다. 여행사 도쿄 지점장이었던 그는 나가노 하쿠바 스키장의 멋진 절경에 빠져 일본 스키장들의 자료를 취합해 한국 최초의 일본 스키 여행 전문 사이트를 오픈한 이래 지금까지 일본 스키 원정 송객 1위를 계속 유지하고 있다.

스키를 좋아하는 것 자체가 일본 스키 전문 여행사를 세울 수 있게 한 원동력이 된 것이다.

'몸짱의사'로 유명한 박상준 선생님도 자신이 좋아하는 일을 하다 보니 그것으로 유명해진 분이다. 가정의학과 전문의임에도 불구하고 평소 운동을 좋아해 '유부빌더'라는 닉네임으로 활동했는데, 처음에는 그저 운동이 좋았을 뿐이라고 한다. 근육운동을 열심히 해서 몸 가꾸기에 전념하는 과정에서 자연스레 운동과 의학의 연결 고리가 생겨났고, 운동으로 비만과 통증을 치료하고자 하는 목표를 갖게 됐다. 그 결과 《몸짱의사의 성형 다이어트》라는 책의 저자가 되었으며, 여러 방면에서 왕성하게 활동하고 있다.

나는 레지던트 시절, 어떤 과를 전공할까 고민하는 후배들에게 딱 한마디만 했다.

"하고 싶은 걸로 해."

무책임한 말 같지만, 그것이 진리라고 생각했다. 앞으로 내과가 전망이 좋을 것이라느니, 산부인과는 돈이 안 된다느니 이런 것이 중요하다고 생각하지 않았다. 아무리 전망이 좋은 과라 해도, 적성에 맞지 않고 의욕이 없다면 삶이 괴로울 뿐이다. 실제로 과의 인기만 보고 소신 없이 지원했다가 1년을 채 견디지 못하고 사직서를 내는 동료도 많이 보았다.

나는 신경과 의사지만, 내가 신경과를 지원할 즈음에는 신경과 자체를 모르는 사람이 태반이어서 정신과나 신경외과와 혼동하곤 했다. 전망도 그리 좋지 않았다. 내가 신경과를 택한 것은 오로지 신경과가 좋았을 뿐이지, 다른 이유는 없었다.

신경과에 지원했을 때에는 막막했지만, 불과 몇 년 새 상황은 급격히 뒤집혔다. 요양병원이 우후죽순으로 생기면서 병원마다 신경과 의사를 구하느라 난리였다. 신경과의 존재감이 부각되자 두통, 어지럼증, 뇌경색, 치매 등등이 모두 신경과 질환이라는 사실을 알게 된 환자들이 신경과로 몰려들었다. 그 후 몇 년간은 신경과에 지원하겠다는 사람이 너무 많아 골치를 앓을 정도였다. 내가 신경과의 어두운 전망 때문에 원치도 않는 전공을 선택했더라면 나중에 크게 후회했을지도 모르겠다.

세상일이란 참 알 수 없다. 그리고 한 치 앞도 내다볼 수 없는 상황에서 최선의 선택은 자신이 좋아하는 일을 하는 것이다. 좋아하는 일을 하니 행복하고, 행복하니 더 열심히 하게 되고, 열심히 하다 보니 뜻을 이루는 것이 아닐까. 스키를 좋아하던 여행사 직원이 일본 스키 전문 여행사를 차리는 것처럼 말이다.

그 반대의 경우도 많다. 좋아하지도 않는 일인데 보수가 좋다는 이유로, 안정적이라는 이유로 시작했다가 후회만 하는 경우다. 내가 아는 사람 하나는 안정적이고 여유 있는 삶을 위해 몇 년간 임용 고시 준비를 해 결국 교사가 되었으나, 말을 듣지 않는 아이들과 적성에 맞지 않는 교직생활 때문에 괴로워하고 있다. 그러고 보면 남들이 말하는 좋은 직업이 항상 옳은 것은 아닌 모양이다. 자신의 적성에 맞고 재미있는 일이 아니라면, 행복을 찾을 수도 없을 것이다.

그것이 꼭 직업이 아니어도 좋다. 하다못해 취미라도, 진정 즐기는 것이 있다면 조금이라도 삶이 행복하지 않을까. 사람이란 좋아하는 일을 할 때 미소 짓게 마련이니까.

내가 송충이인지 아닌지, 어떻게 알아?

"송충이는 솔잎을 먹고 살아야 하는 거야."

내가 썩 좋아하지 않는 속담이다. 체념과 순종의 기운이 느껴지고 자기 비하가 담겨 있기 때문이다. 나 같은 놈이 무슨 출세람. 송충이는 그저 솔잎이나 먹고 살아야 해. 새를 잡아먹고 토끼를 잡아먹는 것은 덩치 좋고 위세 있는 맹수들이나 하는 거지, 나하곤 상관없는 일이야. 괜히 허파에 바람이 들어 솔밭을 나서기라도 하면 그 즉시 날짐승의 먹잇감이 될 뿐이지. 그저 솔잎이나 뜯으며 조용히 사는 게 나에겐 어울려. 스스로의 처지를 비웃으며 질겅질겅 솔잎을 씹고 있는 내 모습이 보이는 것 같았다.

어른들이 이 말씀을 하실 때마다 심기가 불편해지곤 했다. 주어진 환경에 순종하며 더 나은 세상으로 항하기를 포기한, 무기력함이 싫었다. 왜 송충이는 솔잎만 먹어야 하는 걸까. 솔잎이 아니라 배추 잎도 먹고, 작은 벌레도 잡아먹고 그러면 안 되는 건가? 치기 어린 반항심에 어른들의 말씀을 부정하곤 했다.

그런 내게, 송충이와 솔잎의 관계를 다시 한 번 생각하게 해주는 계기가 생겼다. 그 화두를 던져준 이는 바로 내가 담당하고 있는 환자였다.

회진을 도는데 어째 분위기가 심상치 않았다. 보호자인 할머니가 불만스러운 표정으로 연신 툴툴거렸고, 환자 아저씨도 심기가 불편해 보였다. 무슨 일인가 싶어 얘기를 들어봤더니 할머니가 아들을 나무라고 있었다.

"얌전히 취직이나 하라고 했더니 뭔 사업을 하겠다며 싸돌아댕길 때부터 내가 알아봤소. 그나마 없는 돈도 다 까먹고, 뇌경색까지 걸려 누웠으니 속이 터져 죽을 지경이오!"

할머니의 호통에 아저씨는 돌아누운 채 아무 말도 하지 않았다. 그 모습이 더 얄미웠는지 할머니는 분을 참지 못하고 씩씩거렸다.

"그러게 내가 뭐랬어? 그냥 취직이나 하라고 했지?"

할머니는 아저씨를 흘겨보았다.

"송충이는 솔잎을 먹고 살아야 하는 거여. 자기 분수를 알고 살아야지."

할머니의 투덜거림이 좀처럼 끝나지 않을 것 같아 나는 자리를 벗어나기 위해 슬며시 병실 문으로 향했다. 그때 아저씨가 툭 대답했다.

"내가 송충이인지 아닌지, 어떻게 알아?"

아저씨의 말이 내 뒤통수를 후려갈기는 것 같았다. 예전에 들었던 송충이 이야기가 머릿속을 맴돌았다. 그와 동시에 뭔가 탁 깨치는 것이 있었다.

내가 알고 있던 송충이 이야기가 다르게 느껴졌다. 어릴 때에는 생각하지 못한 관점이었다. 두 가지가 새로웠다. 첫 번째로 깨달은 것이 '송충이는 솔잎을 먹는 게 맞구나'였다.

송충이가 새를 잡아먹는 것은 얼마나 부자연스러운 일인가. 송충이가 물고기를 잡아먹는다? 이것도 말이 안 된다. 송충이는 솔잎을 먹어야 행복하다. 그것이 송충이의 깜냥이기 때문이다.

혈액형에 따른 성격 분류가 한때 크게 유행한 적이 있다. A형은 소심하고 B형은 활발하며 O형은 원만하고 AB형은 특이하고 등등으로 사람들을 나누는데, 나는 이를 믿지 않는다. 왜냐면 내가 아는 사람들의 성격은 결코 네 가지로 분류할 수 없었기 때문이다. 내가 만나본 사람만 해도 수십 가지 성격이 있는데 그것을 왜 굳이 네 가지로 뭉뚱그려야 하는지 모르겠다. 사람의 성향은 제각각 다르고, 그 사람이 잘하는 것과 못하는 것도 천차만별이다. 관심 분야도 다르고 심지어 수면 시간, 음식 취향도 다르다.

그런데 사람들은 그 같은 개인의 특성을 무시한 채, 하나의 표본을 정해 따라가기를 요구한다. 자기 계발서에 푹 빠져 있던 시절, 책에 나온 대로 해보려고 노력한 적이 있다. 남을 설득할 때에는 이러이러하게 하고, 표정은 이러이러해야 하며, 성공하려면 아침형 인간이 되어야 한다 등등 좋은 말들이 많았다. 하지만 나는 그 책들에서 말하는 훌륭한 사람이 되지 못했다. 왜였을까?

그 책이 원하는 바가 나의 특성과 맞지 않았던 것이다. 나는 아침보다 밤에 집중이 잘된다. 아침잠도 많은 편이다. 아침형 인간이 되라고 하여 평소보다 한 시간 일찍 일어나 헬스장에 다녀봤다. 결과는 어땠을까? 러닝머신에서 졸다가 비틀거린 적이 한두 번이 아니다. 그렇게 운동하고 출근하면 몸이 개운하고 기운이 넘치는 게 아니라, 피곤해서 오전 외래 진료를 보는 게 힘들었다. 결국 며칠 만에 아침형 인간 프로젝트는 포기하고 말았다.

인간관계를 넓히고 사람들을 이끄는 리더십을 발휘하라기에 그렇게 해봤더니 사람들의 이목과 관심이 너무 부담스러웠다. 나는 원래 혼자 조용한 곳에서 사색을 빙자한 공상하기를 좋아하는 사람인데, 곁에 많은 사람들이 있으니 심기가 불편했다.

일할 때는 열심히 일하고 놀 때는 화끈하게 놀라기에 회식 때 음주가무에 최선을 다해봤다. 술도 잘 못 마시고 술자리에서 노는 것도 익숙지 않던 나는, 흥겹게 놀면서도 자괴감이 들었다. 내가 도대체 여기서 뭘 하고 있는 거지. 술자리가 끝나면 즐거운 게 아니라 허망함만 남았다. 벌겋게 달아오른 얼굴로 화장실에 달려가 오바이트를 하면서 꼭 이렇게 해야 하나, 이게 정말 옳은 길인가 하는 생각을 많이 했다.

결국 그것들은 내게 맞지 않는 옷이었다.

사람은 저마다 특성이 있다. 세상에 똑같은 성향의 사람은 없다.

하다못해 쌍둥이로 태어났다 해도 그 사람의 특성과 성향, 취향은 조금씩 다를 수밖에 없다. "이렇게 살면 성공할 수 있어요." 자기계발서에서는 매우 쉽게 이야기하지만 그것을 따라 해서 행복한 사람은 얼마 되지 않는다. 왜냐하면 사람은 모두 다르기 때문이다. 할 수 있는 것과 할 수 없는 것이 있는가 하면, 해서 행복한 일과 해서 불행한 일이 있게 마련이다.

그런 일들이 내게 맞지 않는 옷이라는 것을 깨달은 후, 내가 잘하는 것, 내게 어울리는 것에 집중하기 시작했다. 아침에 한 시간 일찍 일어나기보다는 저녁 한 시간을 아껴 썼고, 음주가무에 심취하기보다는 그 시간에 책을 읽고 글을 쓰며 지냈다. 그렇게 지낸 시간들이 훨씬 행복하게 느껴졌다.

《큰 쓰레기통을 사라》의 저자 우스이 유키는 필요 없는 것은 모두 버리라고 말했다. 불행한 과거를 가진 사람은 불행했던 과거마저도 버려야 한다고 저자는 말한다. 과거에만 연연하는 사람은 눈앞에 기회가 찾아와도 그 기회를 알아차리지 못한다. 미래 지향적이고, 내 삶의 원동력이 되는 추억만 남기고 '가지고 있어 행복한가?' 이 명제에 어긋나는 것은 모두 버려야 한다고 주장한다.

옳은 말이다. 우리는 인생에서 불필요한 것들을 너무 많이 담아두고 있다. 또 불필요한 것을 너무 많이 좇고 있다. 모든 사람이 아침형 인간이 되고 리더십을 갖추며 일도 열심히 하고 음주가무도 잘하고 남들을 쉽게 설득하며 항상 도전하고 진취적이며 상사에게 충성하고 후배를 잘 다루는 그런 사람이 되어야 할까? 아니, 그게 과연 가능하기나 한 일인가?

무언가로 가득 차 있는 잔에는 아무것도 따를 수 없다. 버림의 미학을 배워야 할 때다. 혹시나 하는 마음에 버리지 못하는 기대와 과거, 인간관계 때문에 우리는 앞으로 나아갈 원동력을 잃고 있는지도 모른다. 거추장스럽고 버거운 인생의 목표와 삶의 방식을 버리지 못하고 무작정 맹신한다 해서 인생이 행복해지는 것은 아니다.

자신을 돌아보고, 자기에게 맞는 옷을 입어야겠다는 생각이 든다. 남들이 좋다는 옷이 다 어울리지는 않았다. 부끄러운 일이지만, 쇼핑몰에서 남들이 예쁘다고 칭찬하던 옷을 주문한 적이 있다. 망사로 된 비치룩 셔츠였는데, 모델이 입은 모습을 보니 아주 섹시하고 멋있어 보였다. 마침 필리핀 세부로 놀러 갈 예정이었기에 과감하게 주문했다. 세부 해변에서 멋지게 폼 잡는 내 모습이 떠올라 옷이 배송되는 날까지 가슴이 설레었다.

그런데 막상 택배가 도착해 입어보니, 웬걸. 패션 7080의 모기장 쫄쫄이 옷처럼 몸에 쫙 달라붙어 비루한 몸매와 똥배가 그대로 드러나는 게 참 흉했다. 여행에 가져가긴 했지만 차마 입을 용기가 나지 않아 고스란히 트렁크에 담아 돌아왔다. 이렇게 자기와 어울리지 않는데도 남들이 멋진 옷이라니까 따라 입어야만 할까?

맞지 않는 옷은 버려야 한다. 맞지 않는 옷을 입으면 입은 사람도 힘겹고, 옷도 낭비가 된다. 남들이 좋다는 옷보다 내게 어울리는 옷, 내가 좋아하는 옷이 무엇인지를 먼저 생각해야 하지 않을까. 그것이 송충이 이야기가 나에게 던져준 첫 번째 화두였다.

똥인지 된장인지 알 수 없다면, 먹어보면 된다

송충이 이야기가 두 번째로 내게 던져준 화두는, '과연 내가 송충이인가'였다.

미운 오리 새끼 이야기는 유명하다. 오리인 줄 알고 살았는데 시간이 흐르고 보니 멋진 백조였다는 이야기. 자신도 모르는 숨은 능력이나 역량이 잠자고 있을 수 있다.

"내가 송충이인지 아닌지 어떻게 알아?"

이 말을 하던 아저씨의 눈빛에는 항변의 뜻이 담겨 있었다. 사업을 하고 실패하는 과정이 다름 아닌 자신을 찾아가는 과정이었던 것이다. 송충이가 솔잎을 먹는 것이 옳다면, 과연 내가 송충이인가부터 확인해야 한다는 외침이다. 송충이인 줄 알았는데 알고 보니 뱀이었다면, 솔잎을 먹어선 안 되는 것이다. 그렇게 살아서는 불행하기만 할 뿐이다.

개천에서 용 난다는 말이 있다. 그런데 자신이 용이라는 사실을 깨닫지 못한다면 어떻게 될까? 미꾸라지처럼 흙탕물에서 플랑크톤이나 주워 먹으며 살 것이다. 그것은 본인을 위해서도, 개천을 위해서도 불행한 일이다. 용은 좁은 개천에서 민폐를 끼칠 것이 아니라 얼른 승천해야 한다.

사람의 능력은 참으로 신비롭다. 똑같은 재능을 가진 사람도 없고, 모든 재능을 겸비한 사람도 없다. 김연아에게 수학자가 되라거나 박지성에게 가수가 되라면 지금처럼 세계 일류의 자리에 오르기는 힘들었을 것이다. 세계 수영 선수권 대회에서 1위를 하는 서태지나, 격투기 대회에서 승리를 따내는 정우성도 상상하기 힘들다. 사람마다 타고난 재능이 다르고, 그 재능을 펼칠 수 있는 분야에 매진해야 비로소 그 가치가 빛을 발하기 때문이다.

내 환자였던 아저씨는 본인에게 월급쟁이보다는 사업가로서의 재능이 있다고 생각하여, 거기에 매진했던 것이다. 비록 성공하진 못했어도 나는 그 도전만큼은 의미 있다고 생각한다. 도전해보지 않으면 자신의 재능이 무엇인지 알 수 없을 테니까.

"똥인지 된장인지 먹어봐야 아냐?"

조금 지저분한 이야기지만, 눈치 없고 판단이 떨어지는 사람을 힐난할 때 쓰는 말이다. 딱 봐도 똥인지 된장인지 구분 가는데, 그것을 왜 구분하지 못하냐는 뜻이다. 물론 한눈에 구분할 수 있다면 좋겠지만, 사람의 판단력이라는 게 그처럼 명확하지 못하기에 이게 똥인지 된장인지 긴가민가할 때가 많다. 그럴 땐 어떻게 해야 할까? 가장 확실한 방법이 있다.

먹어보면 안다.

실제로 똥을 먹으라는 얘기가 아니다. 자신이 재능 있고, 빛을 발할 수 있는 분야(된장)인지, 자신의 성향과 재능에 맞지 않는 불편한 분야(똥)인지 태어날 때부터 알 수 있다면 행복한 일이다. 하지만 아무리 생각해도 어떤 게 된장인지 구분이 안 될 때에는 먹어보는 수밖에 없다. 일단 해보는 것이다.

나는 어릴 적에 만화가가 꿈이었다. 고등학생 때에도 만화학과에 가겠다며 부모님 속을 썩이곤 했다. 그러던 내가 만화가의 꿈을 접은 건 고2 여름방학이었다. 직접 만화를 그려보기로 했다. 만화가의 길이 내가 진정 바라는 일인지 확인해보고 싶었던 것 같다. 종이에 밑그림을 그리고 펜선을 긋고 스크린톤을 바르는 과정이 처음에는 재미있었다. 하지만 이내 지쳐갔다. 하루에 한 장을 그리기도 벅찼는데, 그리고 나서 보면 마음에 들지 않았다. 앵글은 단순했고 배경도 조잡했다. 그림을 잘 그리느냐 아니냐의 문제보다, 어떻게 이야기를 이끌어갈지 어떤 앵글에서 그 장면을 보여줄 것인지 등 신경 써야 할 부분이 너무 많았다. 10페이지 정도를 그린 나는 그대로 나가떨어졌다. 즐겁기만 할 것 같았던 만화 그리기가 엄청난 스트레스로 다가왔다. 노트 한 귀퉁이에 낙서 같은 네 컷 만화를 그리던 것과, 정식으로 넓은 만화지에 그림을 그리는 것은 천지 차이였다.

전문의가 되었을 때 주변 사람들이 골프를 권했다. 넓은 필드에서 공을 날리다 보면 스트레스가 확 풀린다는 것이었다. 사회생활을 하면서 높은 분들과 어울리려면 골프는 필수라고 했다. 사업을 하려면 인맥이 넓어야 하는데 골프를 모르면 쉽지 않다고 했다.

"너 동창회 모임 할 때 골프장에서 모이면 어쩌려고 그래? 그냥 카페에서 쉬고 있을 거야?"

주변에서 모두 그렇게 말하니, 골프를 못하는 것이 불안했다. 결국 골프를 시작했다. 처음에는 그래도 배우는 재미가 있었다. 하지만 한두 달 지나면서 점점 재미가 없어졌다. 마음먹은 대로 공이 날아가지 않아 스트레스가 쌓였다. 골프공을 때려야 하는데 잘못해서 땅이라도 내려치면 그 충격이 팔을 타고 올라와 갈비뼈가 욱신거렸다. 골프 초급자들은 갈비뼈의 미세 골절을 흔히 겪는다. 골프채를 꽉 쥐고 연습하다 보니 손바닥이 벗어지고 인대에 염증이 생겼다.

연습은 힘들어도 막상 골프장에 나가보면 기분이 달라질 거라고 해서 골프장에 가봤지만, 스트레스만 더 쌓였다. 공은 이리저리 휘어져 날아갔고 공을 찾다 보면 다음 타임 사람들의 따가운 시선이 뒤통수를 때렸다. 캐디들은 대놓고 나를 무시했다.

"애들아, 조심해. 이분 공은 어디로 갈지 모르니까."

어느 날 캐디가 빈정거리며 동료에게 던진 말 한마디는 나의 마지막 남은 인내심을 홀랑 태워버렸다. 어렵게 골프를 마치고 대욕탕에 들어가 뜨거운 물에 몸을 담갔다. 생각해보니 골프장에 오려고 새벽 4시에 일어나 두 시간 가까이 차를 몰았다. 골프를 치는데 들어간 비용도 20만원이 넘었다. 그렇게 새벽에 일어나 내 돈 20만원을 들여 놀러 왔는데, 쌓이는 건 스트레스요, 돌아오는 건 빈정거림이었다.

"원래 처음엔 다 그런 거야. 연습하다 보면 실력이 늘게 돼 있어. 처음부터 잘하는 사람이 어디 있냐? 한 2년 정도는 쳐야 제대로 공이 날아가지."

친구들의 말을 들으며 나는 더 큰 절망을 느꼈다. 저 작은 구멍에 공을 넣기 위해 2년이나 연습해야 하다니. 아니, 나는 처음부터 저 구멍에 왜 공을 넣어야 하는지조차 이해되지 않았다.

결국 나는 골프 포기를 선언했다. 남들이 모두 한다고 해서 내가 행복을 느끼지 않는 일에 매달릴 이유는 없었다. 나이 들어 골프의 매력을 깨닫게 된다면 다시 시작할지 모르지만, 아직은 그런 마음이 없다. 이미 겪어봤으므로 누군가 골프를 권해도 웃으며 고개를 저을 수 있게 됐다.

내가 만약 만화를 그려보지 않았거나, 골프를 제대로 배워보지 않았더라면 아직 많은 미련이 남았을 것이다. 하지만 직접 해보고 나니 미련이 사라졌다. 내게 부족한 점이 너무 많고, 내가 강하게 열망하는, 내 인생을 걸고 싶은 일이 아니라는 것을 깨달았기 때문이다. 다른 이에게는 몰라도 내게는 된장이 아니라 똥이었던 것이다.

그렇다면 시행착오로 흘려보낸 시간들이 아무 소득 없이 허공에

날아가버린 것일까? 그렇지 않다. 나는 분명 많은 것을 얻었고, 내가 그때 겪지 않았더라면 많은 세월 동안 만화가를 꿈꾸며 살아갔을지도 모른다. 또 골프를 배우지 않은 것에 대해 불안해하며 안절부절못할지도 모른다.

"송충이는 솔잎을 먹고 살아야 하는 거야."

그렇게 말하기 전에, 자신이 송충이인지부터 생각해보아야 하지 않을까. 아무리 생각해도 송충이 같지 않다면 도전해봐야 할 것이다. 새처럼 날갯짓도 해보고, 치타처럼 달려도 보자. 캥거루처럼 점프도 해보고 사자처럼 울부짖어보고 말이다. 비록 그 도전이 상처를 남기고 아픔을 남길지언정, 도전해보지 않으면 평생 송충이로 솔잎을 먹으며 살 수밖에 없을 것이다.

똥인지 된장인지 알 수 없다면, 눈 딱 감고 먹어보면 된다. 그깟 똥 좀 먹는다고 죽지는 않으니까.

너는 미리 선을 긋고 물러나 있구나

어느 가을날, 어디론가 떠나고 싶었다. 카메라를 어깨에 메고 무작정 바다로 향했다. 한참 걷다 보니 코끝에 구수한 냄새가 감돌았다. 허름한 식당 앞에서 노인 둘이 장작불에 석쇠로 물고기를 굽고 있었다. 냄새는 향기로웠지만 생선을 좋아하지 않아 무심히 발걸음을 떼는데, 노인이 구운 전어 한 마리를 내밀며 먹어보라고 권했다. 사양했지만 한사코 권하는 어르신의 말씀에 받아 들 수밖에 없었다.

"지금이 전어가 제일 맛있을 때여."

받아 들기는 했지만 어떻게 해야 할지 고민이었다. 생선을 싫어하는데 먹어본 적도 없는 전어구이를 들고 있노라니 난감했다. 어르신의 눈치를 살피며 슬쩍 전어를 내려놓으려 했다.

"제가 생선을 잘 못 먹어서……."

"왜? 전어 드셔보신 적은 있어?"

"아뇨. 처음인데요."

"먹어보지도 않고 어떻게 알아? 해보지도 않고 못 먹는다는 건 또 뭐여."

어르신은 실실 웃으셨다. 듣고 보니 맞는 말이었다. 먹어본 다음에 못 먹겠다고 말할 수는 있지만, 먹어보지도 않고 못 먹는 음식이라고 말할 순 없는 것이다.

나는 헛기침을 하고 전어를 입안에 집어넣었다. 도망간 며느리도 굽는 냄새에 돌아온다는 가을 전어. 역시 생선은 내 입맛에 맞지 않았지만, 그래도 나름대로 먹을 만했다.

집으로 돌아오는 내내 노인의 말이 머릿속을 맴돌았다.

'먹어보지도 않고 어떻게 알아?'

그 말은 고(故) 정주영 현대그룹 회장을 떠올리게 한다. 그가 생전에 잘하던 말이 있다. 새로운 일을 시작하려 할 때마다 주변 사람들이 걱정하며 말리면 정주영 회장은 이렇게 물었다고 한다.

"해보기나 했어?"

해보지도 않고 안 된다고 말하면, 그것은 이미 100퍼센트 불가능한 일이 되어버린다. 쉽게 말해 '기권'이다. 하지만 시작이라도 해보면 단 1퍼센트라도 성공의 길이 열린다. 해보고 실패하는 것과 해보지도 않고 포기하는 것은 하늘과 땅 차이다. 올림픽에 참가하지도 않은 선수가 금메달을 따는 일은 절대 없을 테니까.

나는 도대체 언제부터 많은 것을 '기권'하며 살아왔던 걸까. 왜 인생이라는 올림픽에 출전할 자격이 있으면서도 매번 참가조차 하지 않았던 걸까. 며칠 동안 머릿속이 연기로 가득 찬 듯 뿌옇다. 기분 전환이나 하자 싶어 접속한 인터넷에 이런 제목의 글이 눈에 띄었다.

'내가 정 때문에 산다, 주인아.'

목줄이 풀린 개가, 그 목줄을 물고 얌전히 앉아 있는 사진이었다. 목줄이 풀렸다고 도망가는 게 아니라 천연덕스럽게 입에 문 채 자리를 떠나지 않는 모습에 사람들은 폭소를 터뜨렸다.

'으이그, 칠칠치 못한 주인 같으니라고. 다른 개들 같았으면 일찌감치 도망갔겠지만, 내가 그동안의 정을 봐서 그냥 모른 체해주마.'

이렇게 말하는 듯한 개의 표정에 미소를 지을 수밖에 없었다. 그냥 웃고 넘어가려다가 문득 이 사진 속에 꽤 오묘한 뜻이 담겨 있음을 느꼈다.

목줄은 구속을 뜻한다. 구속이 사라지면 개는 자유를 맛봐야겠지만, 구속에 너무 익숙해지다 보면 자유롭게 돌아다닐 수 있다는 사실까지도 잊어버릴 수 있다. 목줄의 범위 이상 벗어나면 안 된다는 고정관념이 머리에 깊이 박혀버리는 것이다. 그래서 강아지는 목줄이 풀어졌음에도 불구하고, 그 목줄을 입에 문 채 자리를 지켰던 것이 아닐까.

나도 저 강아지처럼, 스스로를 옭아맨 목줄을 벗어나지 못하는 것인지도 모르겠다. 사람은 자라면서 스스로의 경험과 주변에서 들려오는 정보들로 일종의 벽을 쌓아 자신을 구속한다고 한다. 벽을 쌓는 이유는 스스로를 지키기 위함이다. 내게 익숙하고 편안한 능력의 범위를 설정하는 것이다.

그 범위를 넘어서면 우리는 스트레스를 받는다. 익숙지 않은 일을 하는 것이 낯설고, 혹여 실패할까 두려워하기도 한다. 나만의 안락한 공간을 빼앗길 수 있다는 공포, 남들의 이목을 받는 것에 대한 불편함 등 여러 가지 감정이 뒤섞여 그 벽을 벗어나려는 마음을 억압하게 된다.

나이 먹고 철이 들면서 그런 벽들은 조금씩 허물어져간다. 어릴 때에는 굉장히 높게 느껴졌던 벽도, 세월이 흐른 뒤에는 별것 아닌 것처럼 느껴지곤 했다. 그럼에도 불구하고 나는 아직도 많은 '보이지 않는 벽'에 둘러싸여 있는 것만 같았다. 다름 아닌 내가 쌓아놓은, 세상과 나를 단절시키는 벽이었다.

매사에 안 된다고 고개를 저어왔다. 저 벽은 너무 높고 견고해서 밖으로 나갈 수 없을 거야. 스스로 정해버렸다. 지금 생각해보면 살짝 밀기만 해도 무너지는 아주 얇은 벽이었던 것 같은데, 그 벽을 깨고 나갈 생각조차 하지 못했다. 벽 밖에는 더 넓은 공간이 많은데 두려움에 넘어서질 못했다.

나는 이미 선을 긋고 있었다. 전어는 내가 먹을 수 없는 생선이라고. 먹어보기도 전에 이미 결론이 나 있었던 것이다. 어르신이 그 선을 지워주지 않았더라면 나는 평생 전어 맛을 모르고 살 뻔했다. 먹어보지 않으면 먹을 수 없는 음식인지 알 수 없다. 해보지 않으면 할 수 없는 일인지 아닌지 알 수 없다.

이후 나는 전어를 먹듯, 불가능하다고 생각했던 일들에 도전했다. 실패도 많았지만 의외로 쉽게 무너진 벽도 있었다. 별것 아닌데도 불구하고 지레 겁먹고 물러서거나, '저건 내가 할 수 없는 일이야' 하며 시도할 생각조차 안 했을 뿐이었다. 운동과는 담 쌓고 지내던 내가 스노보드를 배우고 식스팩을 만들었다. 또 정식 작가로 등단하고 신춘문예 당선 직전까지 이르게 됐다. 세상은 호락호락하지 않았지만 그렇다고 절대 깰 수 없는 강철의 벽도 아니었다.

사람들은 많은 선을 그어놓고 살아간다. 그 마음의 선은 다른 사람이 그어놓은 게 아니라 스스로 그은 것이다. 안 될 거야. 난 못해. 해봤자 소용없어. 선 안에서 평온하게 살아가기를 바란다. 그게 편하기 때문이다. 괜히 선 밖으로 나갔다가 귀찮은 일에 휘말리기도 싫고, 힘 빠지게 일하고 싶지도 않다. 실패해서 좌절하거나 놀림당하는 건은 더더욱 싫다. 때문에 나는 내가 그은 선 안에서 조용히 지내려는 것이다. 더 행복하고 더 멋진 삶이 선 밖에 있어도 모른 척하면서 말이다.

《논어》에 이런 말이 있다. 염구가 자신의 능력이 부족하다고 말하자 공자는 이렇게 말했다고 한다.

능력이 부족한 자는 도중에 가서 그만두게 되는데, 지금 너는 미리 선을 긋고 물러나 있구나.

뭐든 해봐야 안다는 것은 장작불에 전어를 굽는 시골 노인도 알고 있는 진리다. 그 노인보다 훨씬 더 많은 것을 배웠다고 하는 우리도 정작 중요한 것을 놓치고 있는 것은 아닐까. 할 수 있음에도 불구하고 하지 않는 것은 아닐까. 해보지 않으면 아무것도 이룰 수가 없다.

제2장 / 하다 보면 된다

당연한 이야기지만, 선배의 말이 가슴에 와 닿았다. 하기 싫다고 아무리 피해봤자 해결할 방법이 없다면, 부딪치는 수밖에 없다. 결국 나는 다시 정신을 차리고 시험공부를 시작했다. 외우는 수밖에 없다는 생각을 하자 차라리 마음이 편했다. 외울 때에는 힘들어도, 외우고 나니 마음의 압박감은 사라졌다. 하기 싫은 일을 이겨내는 방법은 하는 것밖에는 없던 것이다.

초등학교 시절의 나는 매우 소심하고 숫기 없는 아이였다. 게다가 유난히 눈물이 많아 친구가 울면 이유 없이 따라 울 정도였다. 성적이 좋은 편이어서 선생님으로부터 항상 총애를 받았고, 그것을 당연히 여기며 지냈다.

중학교에 진학해서는 새로운 환경에 적응하며 지내고 있었다. 당시 나는 부반장이었고, 환경은 바뀌었지만 초등학생 시절의 버릇이 남아 있는 과도기였다. 나는 아직 세상을 잘 모르고 있었다.

어느 날, 담임선생님께서 들어오시더니 백일장이 있다며 글을 쓸 사람이 필요하다고 하셨다. 반장에게 무언가를 시킨 다음 나를 부르셨다.

"부반장! 부반장은 글짓기를 하나 써오도록 해!"

글짓기? 혼란스러웠다. 참 우스운 생각이긴 한데, 소설도 글이고 시도 글인데 글짓기를 해오라면 뭘 쓰라는 걸까? 수필을 말하는 건가? 나는 조심스럽게 질문했다.

"저…… 선생님, 어떤 글을 써와야 하는 거예요?"

"아, 그냥 네가 쓰고 싶은 거 쓰면 돼!"

선생님은 한마디로 잘라 말했다. 하지만 나는 여전히 이해되지 않았다. 글짓기? 글짓기? 어떤 글인지 알 수가 없으니 쓸 수도 없었다. 나는 조심스럽게 말했다.

"선생님, 어떤 걸 써야 할지 모르겠어서…… 저는 잘 못할 것 같은데요."

"하라면 하는 거지, 그냥 해, 인마."

숨이 턱 막혔다. 어찌해야 할지 몰랐다. 분명 나는 쓸 수 없는 글인데, 무작정 쓰라고 하니 답답했다. 글짓기가 뭘까. 뭘 어떻게 해야 하나. 난 자신이 없는데, 선생님은 왜 나에게 이런 걸 강요하는 걸까. 종례를 하는 내내 걱정만 하던 나는 눈물을 주르륵 흘렸다. 중학생이 되었어도 초등학생의 버릇을 고치지 못했던 것이다.

내내 훌쩍이는 나를 보며 친구들은 어쩔 줄 몰라 했다. 종례가 끝나자 교실을 나서던 선생님이 한마디 덧붙였다.

"부반장은 교무실로 따라와."

눈물을 훔치며 선생님을 바라보았지만, 선생님은 이미 사라지고 없었다. 왜 나를 부르는 거지? 이런저런 생각을 하며 교무실로 향했다. 아마 사과하시려는 걸 거야. 못하겠다는 걸 억지로 시키셨으니 미안하다 말씀하시고, 그래도 한번 잘 써보라고 격려해주시겠지. 그렇게 화기애애한 결말을 생각하며 교무실에 들어가 선생님 앞에 섰다. 하지만 선생님이 손목의 시계를 풀어 책상에 내려놓는 순간 나의 기대는 산산조각 나고 말았다.

"야, 이 싸가지 없는 새끼야."

순간 머릿속이 멍해졌다. 뭐지? 무슨 상황인 거지? 눈을 휘둥그레 뜨고 있는 내 앞으로 선생님이 성큼성큼 걸어오는 모습이 보였고, 눈앞에 별이 번뜩였다.

철썩!

나는 그대로 따귀를 얻어맞고 몇 미터 거리의 책상으로 나가떨어졌다. 손바닥으로 맞는 따귀는 처음이었다. 내가 비틀거리며 정신을 못 차리자 욕이 쏟아졌다.

"안 일어나? 네가 선생을 우습게 알아도 유분수지, 어디서 버르장머리 없이 말대꾸야?"

일어나는 내게 또다시 손바닥이 날아왔다. 철썩! 철썩! 나는 그때마다 바람 맞은 코스모스처럼 나가떨어졌다.

"울어? 선생님이 글 써오라고 시켰는데 그걸 가지고 울어? 네가 감히 날 모욕해? 빌어먹을 놈의 새끼!"

째앵! 일곱 대쯤이었을까, 열 대쯤이었을까? 귀에서 쨍 하는 굉음이 들렸다. 따귀를 잘못 맞아 귀를 얻어맞은 것이었다. 순간적으로 왼쪽 귀가 안 들렸다. 고막이라도 터진 걸까? 나는 덜컥 겁이 났다. 다행히 몇 초 뒤 다시 소리가 들렸다. 선생님의 따귀는 계속

되고 있었다.

열다섯 대쯤 맞았을까? 입안에서 찝찔한 피 맛이 느껴졌다. 그제야 선생님은 속이 좀 풀리셨는지 후우 한숨을 내쉬며 허리에 손을 얹으셨다.

"가서 씻고 와."

나는 그게 무슨 의미인지 잘 몰랐다. 무슨 상황인지 이해할 수 없었지만, 얻어맞느라 정신없던 나는 벌벌 떨고 있었고, 씻으라는 명령을 거역할 용기가 없었다. 영문도 모른 채 수돗가로 달려갔다. 그리고 얼굴을 씻는 동안, 나는 '씻고 와'라는 말이 무슨 뜻이었는지 알게 되었다. 내 입술은 이미 다 찢어져 피투성이였던 것이다. 입안을 헹굴 때마다 붉은 피가 흘러나왔다. 수돗가에 있던 아이들이 놀라서 나를 바라보았다.

대충 씻고 교무실에 들어갔더니 선생님은 의자에 앉아 숨을 고르고 계셨다. 나를 흘긋 노려보던 선생님이 말씀하셨다.

"내일까지 네가 뭘 잘못했는지 반성문 써와. 그리고 부모님께 학교로 전화 한 통 하라고 전해드려라. 가봐."

나는 꾸벅 인사를 하고 교실로 돌아갔다. 어안이 벙벙했다. 그 짧은 시간에 도대체 무슨 일이 벌어졌던 거지? 현실감이 없었다. 내가 교실로 가서 책가방을 챙기는 동안 친구들이 나를 바라보며 수군수군거렸다. 긴장한 탓에 나오지 않던 눈물이 그제야 왈칵 터져나왔다. 나는 질질 울며 집으로 갔다.

그 후 한동안 글이란 걸 거의 쓰지 않았다. 트라우마 때문이었을까. 글은 내가 접근해서는 안 될 영역 같았다. 몇 년이 지나서야 수필이라는 것을 써보기 시작했고, 글쓰기에 재미를 붙인 나는 대학 진학 이후 PC통신 문학 동호회 활동을 하며 수필과 소설에 매진했다. 중학생 때 선생님께 얻어맞고 글을 쓰지 못했던 것에 대한 반발이었는지, 방구석에 앉아 컴퓨터로만 대화하는 PC통신 활동이 은둔형 외톨이인 나에게 맞는 패턴이었기 때문인지는 모르겠지만 꽤 열심히 활동했다. 단편소설은 수십 편 이상 썼고 장편도 두 편이나 썼다. 정식 작가가 되거나 등단하고 싶은 열망이 대단했다.

하지만 그게 끝이었다. 내가 쓴 소설은 사람들의 관심을 끌지 못했고, 출판은 번번이 좌절되었다. 조율 과정에서 중간에 흐지부지된 적도 있고, 출판사의 갑작스러운 재정 상태 악화로 연락 두절이 되기도 했다.

"앞부분에서 확 끌어당기는 맛이 없어요. 한 번 더 고쳐봅시다."

출판사의 요청에 자극적인 내용을 억지로 끌어내다 보니 글은 엉망이 되어갔다. 내가 하고 싶은 이야기를 마음대로 이끌어갈 수 없으니 글 쓰는 재미도 반감했다. 어느 날, 꿈을 꾸었다. 어릴 적 선생님에게 따귀를 얻어맞는 꿈이었다. 철썩, 철썩. 잠에서 깨어나 생각해보니 그 따귀가 마치 능력이 모자람을 탓하는 스스로에게 내리는 벌 같았다.

점점 자신감이 사라졌다. 지금 돌이켜 생각해보면, 그것은 내가 쓰고 싶은 이야기가 아니었다. 남들이 좋아할 만한 소재를 억지로 끌어와 쓰다 보니 탈이 난 것이다. 난 안 되는구나. 역시 재능이 없었어. 나는 글쓰기를 포기했다.

몇 년간은 글을 전혀 쓰지 않았다. 노력해도 안 되는 거라면, 깔끔하게 포기하는 것이 내 인생에 도움이 된다고 믿었다. 그렇게 살아가다가, 우연히 수필문학상 공모를 보게 되었다. 마침 안타까운 환자의 이야기가 있어 글로 써 보냈다. 몇 년 만에 쓰는 글이라 꽤 어색했다. 엄청나게 열심히 쓴 글도 아니었고, 그냥 쓱쓱 써서 열흘쯤 묵혀두었다가 공모 마감 전날 꺼내 퇴고한 후 보냈다. 글의 소재는 좋았으나 이미 너무 많은 실패를 겪은 터라 별 기대를 하지 않았다. 어느 날 전화가 왔다.

"선생님, 축하드립니다. 선생님께서 응모하신 〈죽음 값 만원〉이 대상에 선정되었습니다."

그때의 기분은 참 묘했다. 전혀 생각하지 못했던 일이라 그런지 현실감이 없었다. 내가 대상을 받았어? 등단을 하게 됐다고? 그동안 글을 한 번도 쓰지 않았는데? 어릴 적 그토록 꿈꿨던 일이 너무나도 쉽게 이루어져 얼떨떨했다.

묶였던 매듭 하나가 풀어진 것처럼, 이후 글쓰기에 있어 어려움이 없었다. 보령의사수필문학상 대상에 이어, 나는 한미수필문학상에서도 대상을 받았다. 다른 수필문학지나 《좋은 생각》 등의 잡지에서 원고 요청이 들어오기 시작했다. 의사수필가협회 가입을 추천받아 활동하기 시작했고, 한국의학도 수필문학상 심사에도 참여했다. 현재 코리아 헬스로그 필진으로 활동하고 있으며, 비록 수

상은 하지 못했지만 소설이 전남일보 신춘문예 최종심에 오르기도 했다. 내가 쓴 에세이가 포털 '다음(Daum)'의 메인 화면에 소개된 적도 꽤 있다.

어떻게 된 일일까. 이 마법 같은 일이 생긴 이유에 대해 나는 골똘히 생각했다. 답은 의외로 가까운 곳에 있었다.

우린 안 될 거야, 아마

"우린 안 될 거야, 아마."

모 인디밴드 보컬이 다큐멘터리에 나와서 했던 말이다. 이 말이 화제가 되어 웹툰, 동영상, 게시물 등에 패러디되어 폭발적인 반응을 보였었다.

"내가 요즘에 〈나루토〉를 보고 있는데, 느낀 게…… ×나 열심히 안 하면 안 될 거 같아. 그런데 우린 열심히 안 하잖아. 우린 안 될 거야, 아마."

이 말이 왜 그렇게 화제가 됐을까? 일반적인 상식을 뒤집었기 때문이다. '열심히 안 하면 안 될 거 같아'라는 말 뒤에는 '그러니까 우리 열심히 하자'라는 말이 붙어야 제격이다. 그런데 뜬금없이 '우린 열심히 안 하니까 안 될 거야'라는 전혀 엉뚱하고 예상을 벗어난 말을 해버렸으니 웃음이 날 수밖에.

나는 헛웃음을 지으면서도 조금 슬퍼지기까지 했다. 어쩌면 그의 말에서 무력했던 나 자신을 발견했기 때문이었는지도 모른다. 안 될 거야, 아마. 내가 항상 마음속으로 중얼거리던 말이었다. 몇 번의 시도와 좌절 끝에 나는 이미 결론을 내리고 있었다. 나는 재능이 없다고. 그러니 안 될 거라고…….

코끼리에 관한 유명한 이야기가 있다. 엄청난 힘을 가진 코끼리는 왜 인간에게 복종하게 되었을까?

서커스단의 코끼리를 어릴 때부터 목줄을 매 묶어놓으면 자라서도 말뚝을 벗어나지 못한다고 한다. 아기 코끼리는 아무리 발버둥쳐도 말뚝을 뽑을 수 없어 '저 말뚝은 내가 뽑을 수 없는 것이구나' 하며 좌절하게 된다. 시간이 흘러 말뚝쯤은 고갯짓만으로 뽑아버릴 괴력을 갖게 되어도, 어릴 적 좌절했던 것이 생각나 스스로 포기하게 된다는 것이다.

이를 '학습된 무력감'이라고 한다. 사람은 자라면서 알게 모르게 수많은 좌절을 경험한다. 자기 뜻대로 모든 것을 할 수 있는 사람이 어디 있겠는가. 날카로운 물건을 만지려 하면 어머니가 달려와 '에비! 그러다 손 벤다!' 하며 빼앗아간다. 일종의 좌절이다. 밥을 흘리며 먹어도 '그렇게 흘리면 못 써!' 하며 혼이 난다. 장난치다가 친구를 때려 울리기라도 하면 혼쭐이 난다. 사소한 것 하나하나가 자신의 행동을 멈추게 하는 좌절이다. 우리는 모두 이런 과정을 겪으면서 사회규범을 배우고, 사람들과의 관계를 형성하며 사회에 적응하게 된다.

문제는 이 과정에서 스스로의 능력과 가능성까지 좌절된다는 것이다. 나름대로 열심히 공부했지만 성적이 좋지 않다면 꾸지람을 듣게 된다. 그래서 더 열심히 공부해보지만 역시 성적은 오르지 않는다. 처음에는 열의를 가지고 시작했다 해도, 결과가 계속 신통치 않으면 점점 흥이 떨어진다. 결국 '난 공부해봤자 안 되는 놈이구나' 하며 좌절하게 된다. 면접을 수십 번 봐도 취직에 실패한다면, 아예 도전할 기운조차 없어지는 것이다.

"내가 서울대에 간다고?"

"내가 유명한 가수가 된다고?"

"내가 대기업에 취직한다고?"

그게 어떻게 가능해. 고개를 절레절레 젓는다. 겁먹은 개처럼 귀를 축 늘어뜨린 채 피식피식 웃기만 한다. 가당치도 않다며 손을 내젓는다.

"그거 해봤자 안 돼요."

"해봤자 재미 하나도 없어. 하지 마."

아예 결과물 자체를 폄하하기도 한다.

"서울대 가면 인생이 성공할 거 같아? 내 친구는 고등학교만 나왔는데도 사업해서 돈을 얼마나 많이 버는데. 서울대 간 애들 중에도 취직 안 돼서 빌빌거리는 놈들 많더만. 그거 다 쓸모없는 거야. 가수들 하루에 두세 시간밖에 못 자는 거 알지? 매일 행사 뛰고 새벽까지 연습하고, 몸매 관리한다며 밥도 제대로 안 먹이고…… 그게 사람이 할 짓이냐? 대기업? 월화수목금금금이라더라. 휴일에도 쉬지를 못한대."

정말로 그 분야에 정통해 결과를 충분히 예측할 수 있는 사람의 결론이라면 이해되지만, 이렇게 물러나는 사람들은 대부분 전문가가 아니다. 그저 귀찮아서, 노력하기 싫어서, 실패했을 때 손가락질 당하기 싫어서 결실을 과소평가하는 경우가 더 많다. 마치 이솝 우화에서 포도를 따먹지 못하는 여우가 '저 포도는 시어서 못 먹을 거야'라고 말하는 것처럼 말이다. 스스로를 합리화시키면서 도전하지 않는 것에 대한 구구절절한 이유를 댄다.

"서울대에 합격하셨습니다. 등록하시겠습니까?"

"대형 기획사에서 당신을 가수로 키우고 싶어 합니다. 응하시겠습니까?"

"대기업에서 당신을 신입 사원으로 채택했습니다. 응하시겠습니까?"

이런 제의를 받는다면 앞서와는 사뭇 다른 심리 상태를 보일 것이다. 서울대에 가는 것도, 유명한 가수가 되는 것도, 대기업 사원도 누군가는 절실하게 바라는 일이다. 하지만 그것을 처음부터 안 된다고 한 이유는 진정 원하지 않는 게 아니라 자신이 없기 때문이 아니었을까. 너무나 갖고 싶지만 그만한 노력을 기울이는 게 귀찮았던 것뿐이다. 학습된 무기력 때문에 내가 얻을 수 있는 많은 것들을 놓쳤던 것 같아 아쉬움이 남는다.

"해봤자 안 됩니다."

이 말은 절대 '불가능한 일'이라는 뜻이 아닌 듯싶다.

"귀찮습니다."

"헛고생하기 싫습니다."

"만약 하다가 안 되면 망신입니다."

"되고 싶기는 한데 노력하기는 싫습니다."

이런 의미를 더 크게 포함하고 있다.

좌절하지 않는 사람은 아무도 없다. 정도의 차이는 있겠지만 누구나 좌절하고, 그것을 극복하며 살아간다. 내가 글쓰기에 좌절하고 수필문학상에 도전하지 않았더라면 등단할 수 있었을까? 그날 이후로 나의 삶이 완전히 바뀌어버렸다. 우린 안 될 거야. 우린 안 될 거야. 그렇게 입버릇처럼 말하다가는 정말 될 일도 안 되는 것이다.

고등학교 동창 중에 신기한 녀석이 있다. 머리는 좋은데 공부하는 걸 정말 싫어했다. 자기가 좋아하는 것만 열심히 하고 관심 없는 것은 철저히 외면하는 극단적인 인간이었다. 정원이 47명인 우리 반에서 그 친구의 석차는 44등에서 45등 정도였는데, 두 명은 수업에 거의 들어오지 않는 태권도부 선수였으니 실질적인 꼴찌나 매한가지였다.

수업에 관심이 없는 대신, 그는 취미생활에 몰두했다. 집에서 게임만 하는 것이 그의 하루 일과였다. 한번 게임을 시작하면 무섭게 빠져들었다. '용호의권'이라는 게임의 전국 대회에서 2위에 입상했고, 게임 시나리오를 써서 상을 받은 적도 있다.

대학과는 전혀 거리가 멀다고 생각했던 그가 대학생이 된 이유도 특별했다. 마침 대전에서 엑스포가 개최되었고 학교에서는 단체 관람을 진행했다. '도우미' 제도가 처음 시행되었는데 젊은 미녀들로 구성된 도우미들은 학생들에게 큰 인기였다. 엑스포 관람을 하던 그는 미녀 도우미를 보고 첫눈에 반했다. 그런데 안타깝게도, 그녀는 외국인이었다.

겨우 몇 마디 나누고 전화번호를 알아낸 그는 집에 돌아오자 그녀에게 전화를 했다. 그동안 영어 수업을 등한시한 터라 아는 영어 단어가 별로 없었다. 대화가 힘들다는 것을 깨달았고, 불타오르는 사춘기의 열정은 그를 영어의 세계로 인도했다. 그날로 영어 회화책을 사오더니 독파하기 시작해, 몇 달 후 일상적인 대화가 가능할 정도의 실력을 갖추게 되었다.

미녀 도우미가 한국을 떠나면서 연락이 끊겼지만 영어에 재미를 붙인 덕에 영어 시험 점수는 만점이었고, 때마침 수학 능력 시험으로 대학 입시 제도가 바뀌어 최저 수준의 내신 성적에도 불구하고 그는 대학에 진학할 수 있었다.

고등학교에서는 문제아 취급을 받던 그가, 대학에 가선 농구, 헬스, 인라인, 문서 편집 등 여러 가지 취미에 두각을 보이면서 꽤나 인기인이 되었다고 한다. 꾸준히 영어 공부를 한 그는 외국어대학교에 편입했는데, 나와 마지막으로 연락이 닿았을 때에는 학원 강사가 되어 있었다.

고등학생 시절만 해도 그와 나에 대한 평가는 극과 극을 달렸다. 모범생과 문제아. 하지만 사회에서는 그 평가가 역전되었다. 재미없는 범생이와 인기 많은 재주꾼이 되어버린 것이다. 그가 새로운 평가를 받게 된 것에 대해 이의는 전혀 없다. 오히려 나는 그에게서 인생의 많은 것을 배울 수 있었다.

그는 뭐든 하고 싶은 게 생기면 무섭게 파고들었다. 게임도 영어도 헬스도 마찬가지였다. 하고 싶은 일에 집중하는 것, 그것이 그를 새로 평가하게 만드는 기준이 된 것이다.

"무얼 할까 고민할 시간에 무엇이든 해라."

지인이 말해준 이 한마디는 내 친구의 삶에 딱 들어맞는다. 그는 뭘 할까 말까 고민하지 않았다. 하고 싶으면 무작정 했다. 대학 시절 초반까지 꽤 자주 연락하며 지냈는데, 그가 영어나 농구, 헬스 등에 파고들 때 나는 망설이기만 했다. 저거 재밌어 보이긴 한데, 할까? 힘들지도 모르는데 하지 말까? 고민만 하던 사이 그와 나의 격차는 점점 벌어지고 있었다. 내가 그때 무얼 할까 고민하지 않고 무작정 시작했더라면 내 인생도 조금은 달라졌을지 모르겠다.

우리가 꿈을 이루는 데에는 많은 것들이 필요하다. 열정도 필요하고 때로는 경제적인 지원도 필요하다. 열정과 돈은 천천히 준비해도 늦지 않겠지만, 시간은 기다려주지 않는다. 가장 한정된 자원인 시간을 허비해서는 꿈으로 가는 길이 점점 멀어지지 않을까. 우리에게 주어진 '고민의 시간'은 생각보다 짧을지도 모른다. 무엇을 할까 고민하는 동안에도 시간은 쉴 새 없이 흘러만 간다.

내가 요즘 좀 바빠서 말이야

나는 생선을 잘 먹지 못한다. 알레르기가 있는 것도 아닌데 왠지 젓가락이 가질 않는다. 어릴 적부터 못 먹었던 것은 아니다. 코흘리개 시절만 해도 밥상에 갈치구이 한 토막만 있으면 뚝딱 밥 한 그릇을 해치우곤 했다. 고등어조림을 좋아했고, 동태찌개도 즐겨 먹던 메뉴였다. 동태찌개가 식탁에 오르는 날이면 '동태 눈깔'을 달라고 성화를 부리곤 했다. 맛이 있어서가 아니라, 그 동그란 모양이 예뻤던 모양이다. 그러던 내가 지금은 동태 눈깔만 보면 인상 찌푸리는 생선 혐오자가 되어버렸다.

언제부터, 왜 그렇게 되었는지는 모르겠다. 어머니는 내가 갈치구이를 잘 먹는 게 기특해서 계속 갈치를 구워주셨다. 열흘 정도 갈치구이를 식탁에 올렸더니, 어느 순간부터 내가 갈치를 안 먹기

시작했단다. 질려버린 게야. 어머니는 내가 생선을 안 먹는 것이
당신 탓이라며 속상해하셨다. 하지만 너무 어렸을 적 일이라 잘 기
억나지 않는다.

그나마 고등어나 꽁치 같은 바다 생선은 가끔 집어 먹는데, 민물
생선은 전혀 손을 못 댄다. 의예과 시절, 비교해부학 과제였던 붕
어 해부 때문이 아닌가 싶다.

비교해부학은 인간과 동물의 구조를 비교하여 상이점과 공통점
을 공부하는 학문이다. 어류나 작은 포유류 등에 대한 수업을 진행
하는데, 실습 시간도 있었다. 실제로 동물들을 해부하고 그 구조를
확인해야 했다.

교수님은 학기마다 과제를 내주셨다. 1학기 과제는 붕어의 뼈를
재구성해오는 것이었고, 2학기는 닭이었다. 2인 1조로 제출하도록
했는데 나와 한 팀이 된 동기가 이렇게 제안했다.

"둘이 같이하는 건 귀찮으니까 1학기 과제는 네가 맡고, 2학기
는 내가 할게."

나는 흔쾌히 받아들였다.

과제 제출 기한이 다가오자, 나는 냉동실에 넣어뒀던 붕어를 꺼
냈다. 냄비에 붕어를 삶는데 비린내가 진동했다. 음식을 할 때야
이런저런 양념을 넣기 때문에 비린내가 심하지 않지만, 그런 과정
없이 풍겨오는 붕어의 비린내는 도저히 참기 힘들 정도였다.

뼈를 얻기 위해 살을 발라내는 과정도 역겨웠다. 발라내기 쉽도
록 푹 삶았더니 살점과 창자가 으스러졌고, 작은 뼈들을 찾아내기

위해 그것들을 뒤적이는 과정에서 입맛을 싹 잃고 말았다. 덕분에 민물 생선이라면 질색하게 됐다.

겨우겨우 뼈를 발라낸 나는 강력 본드로 그 뼈들을 박스에 가지 런히 정리해 붙이고, 스티커에 번호까지 붙여 제출했다. 동기들이 내 붕어 표본을 보고 탄성을 질렀다. 과제가 아니라 예술 수준에 이르렀다며 농을 던졌다. 교수님도 흡족해하셨고, 과제 점수는 상 당히 좋게 나왔다.

문제는 2학기였다. 붕어에 비해 닭의 뼈를 재구축하는 것은 난 이도가 높았다. 크기도 클 뿐 아니라, 공룡 화석처럼 이어 붙여야 하기 때문에 쉽지 않았다. 그래도 약속은 약속인 만큼 나와 한 팀 이던 동기에게 과제를 맡겼다.

과제 제출일이 다가와도 내 팀원은 느긋하기만 했다. 닭은 어 디 있느냐고 물었더니, 다른 동기의 자취방 냉장고에 넣어놨다는 말과 함께 찾아서 할 테니 걱정 말라고 했다. 냉동실에 있던 닭 일부가 동기의 여자 친구에 의해 닭볶음탕이 되어 사라졌다는 소 문이 들려왔다. 나는 팀원을 채근했다. 그는 걱정 말라는 말만 늘 어놓았다.

"미안한데 내가 요즘 좀 바빠서 말이야. 시간 여유 좀 생기면 할 테니까 걱정 마."

뭐가 그리 바쁜지 하루하루 과제를 미뤘다. 내가 보기엔 그저 술 먹느라 바쁜 듯싶은데, 매번 부스스한 얼굴로 너무 바빠서 못했노 라고 변명했다.

그렇게 차일피일 미루던 그는, 냉동실에 있던 닭이 모자라다는 걸 깨닫고 새로 닭을 구하네 어쩌네 하다가 결국 제출 기한을 넘기고 말았다. 나는 그에게 불평을 늘어놓았지만 이미 엎질러진 물이었다. 2학기 비교해부학 실습 점수는 바닥이었다.

뭔가 해야 할 일이 있었는데 하지 못했거나, 친구와 약속을 했는데 지키지 못할 경우에 우리가 쉽게 쓰는 마법의 말이 있다.

"내가 요즘 좀 바빠서 말이야……."

바빠서 못했다는데 뭐라 할 말이 없다. 사실 그 말도 맞다. 과제를 내지 않았던 팀원도 이런저런 일들로 많이 바빴을지 모른다. 세상에 바쁘지 않은 사람이 어디 있겠는가. 우리는 매일 바쁘다. 신년에 세운 목표 '일주일에 책 한 권 읽기'는 사실 이루기 힘든 계획이다. 낮에는 직장 일 하느라 바쁘고, 퇴근하면 친구와 약속이 있거나 회식 때문에 술을 마셔야 하고, 집에 오면 씻고 인터넷 하고 TV 좀 보면 이미 자정에 가까운 시간이다. 취미생활을 하거나 책을 읽거나 운동을 할 짬이 나질 않는다.

사람에게 주어진 시간은 하루 24시간으로 똑같다. 사실 "시간이 없어서……"라는 말처럼 새빨간 거짓말은 없다. 남들은 24시간을 사는데 자기만 20시간을 사는 것은 아니지 않은가. 시간이 없다는 말은 사실 "다른 일 하느라……"라고 말해야 옳다.

'선택과 집중'이라는 말이 있다. 사람은 누구나 재능이 있고, 하고 싶은 일들이 있다. 즐거운 일을 하면서 인생을 즐기는 것도 나쁘지는 않다. 하지만 그러한 것이 남에게 피해를 주거나 자신의 인생 목표가 아니라면, 본인이 원하는 한 가지에 집중해야 한다.

학창 시절만 해도 그것을 깨닫지 못했다. 동기가 게으름 때문에 과제를 내지 않는 걸 보면서도 미처 알아차리지 못했던 진리를, 꽤 먼 훗날에야 깨칠 수 있었다. 나 또한 바쁘다는 핑계를 대며 살았던 것은 아닐까. 불필요한 것에 얽매여 정작 중요한 일을 외면하고 있던 것은 아닐까.

나는 선택하고, 집중하기 시작했다. 내게 중요하지 않은 것들을 하나둘 버렸다. 술을 버리고, 골프를 버렸다. 쇼핑하며 허비하는 시간을 버렸고, TV를 껐고, 메신저와 트위터에 매달리는 시간을 버렸다.

"내가 요즘 바빠서 말이야……."

누구나 다 바쁘다. 내 친구도 바쁘고, 나도 바쁘고, 하다못해 서울역 앞의 노숙자들도 술 마시고 자느라 바쁘다. 이 세상에 안 바쁜 사람은 아마 없을 것이다.

다이어트, 내일부터 할 거예요

총각 시절, 간혹 회진이 늦어질 때면 저녁 식사를 하지 못한 병동 간호사들과 함께 치킨이나 피자를 시켜 먹곤 했다. 치킨도 피자도 고열량 식품이라 다이어트의 적으로 여기는데, 최근 체중이 늘어 다이어트를 하겠노라고 선언한 간호사가 맛있게 치킨을 뜯고 있기에 놀리듯 물었다.

"다이어트 한다며?"

"내일부터 할 거예요. 그러니까 오늘은 먹어도 돼요."

그녀의 대답에 가슴 뜨끔한 사람들이 있을 것이다. 나 역시 그랬으니까. 최근 스트레스 받는 일들이 많아서 아예 다이어트를 포기하고 맘껏 먹어댔더니 체중이 눈에 띄게 불었다. 다시 체중 관리를 해야겠다고 생각은 하는데, 다이어트 시작하려고 마음만 먹으면 회식을 하거나, 친구가 찾아와 저녁 식사를 함께해야 하거나, 몸이 너무 피곤해 도저히 운동을 할 수 없거나, 청탁받은 원고 마감일이 코앞에 다가왔거나 등등 여러 가지 이유로 다이어트를 미루게 된다. 그때마다 속으로는 이렇게 중얼거렸다.

"내일부터 하지 뭐."

하지만 모두 알고 있듯이, 내일이 되어봤자 달라질 것은 없다. 내일이라고 특별할 일이 생길 리가 없다.

우리는 왜 창의력 대장이 아닌 미루기 대장이 되었을까? 몇 가지 이유가 있다고 한다.

첫째, 지금 당장의 유혹이 너무 강하기 때문이다.

다이어트를 해서 늘씬한 몸매가 되어 비키니를 입을 수 있게 되거나, 탄탄한 근육질이 되어 식스팩을 자랑할 수 있으려면 적어도 몇 개월 정도의 시간이 필요하다. 하지만 지금 당장 매콤한 치킨을 집어 들면 짜릿한 행복감을 느낄 수 있다. 치킨의 짜릿함은 매우 손쉽게 얻을 수 있고 죄책감 또한 하루를 넘기지 않는다. 즉 '내가 멍청하게 또 다이어트를 외면하고 치킨을 우걱우걱 먹고 말았어!'라는 죄의식이 하루면 해결되는 것이다. 내일부터 다이어트를 시작하겠다고 마음먹으면 모든 것이 원점으로 다시 돌아가게 되니까.

둘째, 몇 개월 뒤에 얻을 수 있는 결과가 불확실하다는 점도 우리의 마음을 흔들리게 한다. 미래를 볼 수 있는 사람은 없다. 그저 흐릿한 목표만 있을 뿐이다. 게다가 그 목표로 가는 길은 힘들고

험하다. 매일 바벨을 들어 올리고, 러닝머신 위에서 뛰며 땀 흘리는 시간을 생각하면 겁부터 덜컥 난다. 침대에 드러누워 과자를 먹는 것이 훨씬 행복해 보인다. 결국 미래의 보상이 축소되고 지금 당장 먹을 수 있는 치킨의 욕망이 강해지는 것이다.

나는 일을 많이 미루는 편이다. 원고 청탁이 들어오면 바로바로 원고를 써서 보내주면 되는데, 차일피일 미루면서 걱정만 한다. 내가 이번 원고를 잘 쓸 수 있을까? 좀 더 구상을 하고 써야지. 그렇다고 머리 꼭꼭 싸매가며 고민하는 것도 아니다. 결국 마감 며칠 전에야 부랴부랴 글을 써대곤 한다. 할 일이 생겼을 때 그 자리에서 해결하는 사람들을 보며 나는 그들이 부럽기도 하고 신기하기도 했다. 나는 왜 이렇게 미루기를 좋아할까. 그 이유가 궁금했는데 결국 깨닫고 말았다.

나는 무서웠던 것이다.

어떤 일을 시작할 때, 그 일 자체에 두려움을 갖게 되는 것이다. 예를 들어 누군가가 '다이어트'에 관한 글을 써달라고 했을 때, 일단 자료를 찾고 글을 쓰면서 받을 스트레스가 겁나는 것이다. 그렇게 완성한 원고가 마음에 들지 않거나, 지면에 게재되었을 때 반응이 신통치 않고 부정적인 평가를 받지는 않을지 걱정된다. 아예 내 능력이 부족해 원고를 끝내지 못할지도 모른다는 공포도 있다. 이러한 공포들은 '외면'을 통해 해결할 수 있다. 모른 척하면 되는 것이다. 그래서 하루 이틀 이러한 공포를 외면하다가, 결국 마감일이 닥쳐서야 어쩔 수 없이 부랴부랴 원고를 쓰게 되는 것이다.

다이어트도 마찬가지다. 배고픔을 참아야 하는 공포, 힘들게 러닝머신 위에서 뛰어야 하는 공포 때문에 조금이라도 더 외면하고 싶어지는 것이다.

사실 마음속의 공포만 클 뿐, 우리가 해야 하는 일은 그리 대단치 않은 경우가 많다. 그렇게 미루고 미루다가 마음먹고 일을 시작했더니 생각보다 너무 쉽게 해결되어 시시하게 느껴진 적이 꽤 있다. 결국 우리 마음의 공포와 두려움을 이겨내는 것이 첫 번째다.

미래의 수확을 너무 가볍게 보는 것도 미루기 대장으로 가는 지름길이다. 금연도 다이어트도 마찬가지다. 막상 "담배 끊어야지" "5킬로만 빼야지"라고 말하지만, 절실하게 그것을 원하지 않는 경우가 많다. 그저 남들이 담배 끊으라니까 그래야 하나 보다 하며 시큰둥하게 목표를 세우니, 당장 눈앞에 있는 담뱃갑에 자기도 모르게 손이 가는 것이다.

아버지는 수십 년간 담배를 피우셨다. 자식들이 아무리 담배 좀 끊으시라고 말해도 들은 척 만 척이었고, 간혹 금연을 시도하며 사탕 같은 것으로 무료함을 달래기도 하셨지만, 일주일을 넘기지 못하고 다시 담배에 손을 대셨다.

그러던 분이 지금은 담배를 딱 끊으셨다. 무슨 일이 있었던 걸까? 아버지가 협심증으로 쓰러지셨던 것이다. 심장의 혈관이 여러 군데 좁아져 있어 결국 혈관에 관을 삽입하는 시술까지 받으셨다. 그 후로 아버지는 담배를 끊으셨다.

아버지가 담배를 끊은 이유는 담배의 중독성이 약화되어서도 아니고, 효과적인 금연 방법이 나와서도 아니다. 그저 '미래의 수확'을 절실하게 깨달은 것뿐이다. 담배를 끊으면 살 수 있지만, 담배를 계속 피우다가는 또다시 협심증에 걸려 생사를 헤맬 수 있다는 사실을 깨닫고 수십 년간 피웠던 담배를 단 한 번에 끊으셨던 것이다.

나는 새해가 되면 1년의 목표를 세우고, 달마다 해야 할 일들을 적어둔다. 물론 계획의 대부분은 무산되지만 그것은 내가 예측할 수 없는 상황들이 생겼기 때문일 뿐, 목표 자체를 포기한 것은 아니다. 목표를 세우는 게 대단한 일이냐고 비웃을지 몰라도 목표가 있는 것과 없는 것은 전혀 다르다고 본다. '미래의 수확'을 목표로 삼는 사람은 그 수확을 위해 한 걸음이라도 내딛겠지만, 목표가 없는 사람은 그저 치킨을 뜯고 피자를 먹고 담배를 피우며 술자리로 하루를 보낼 뿐이다. 내일도, 모레도 마찬가지다.

앞으로는 겁먹지 말고 일단 부딪쳐보기로 했다. 하루를 더 미룬다고 해서 일이 쉬워지는 것도 아니니까.

"다이어트, 내일부터 할 거예요."

그냥 오늘부터 해야겠다.

하기 싫어 죽겠을 때에는 그냥 해라

타임머신을 타고 과거로 돌아갈 수 있다면 언제로 가고 싶을까? 대부분 청춘이 꽃피던 10대나 20대를 떠올릴 것이다. 하지만 내 생각은 다르다. 과거로 돌아간다 해도 '전문의 시험 끝난 날' 이전으로는 두 번 다시 돌아가고 싶지 않다. 의과대학 시절 지긋지긋했던 시험의 스트레스도 싫고, 밤잠도 제대로 못 자며 일에 매달렸던 인턴, 레지던트 시절도 썩 달갑지 않다. 가끔 동기 모임에 나가면 학창 시절 이야기를 하는데, 대부분 술 마시던 이야기다. 우리에게 남아 있는 공통의 추억이란 그것뿐이다. 다른 추억을 만들 시간이 별로 없었다. 그저 시험공부를 하고, 중간고사 끝나면 그동안 쌓인 스트레스를 풀기 위해 술을 마셨다. 그리고 정신을 차려보면 기말고사 스케줄이 나와 있는 그런 식이었다.

의과대학은 상대평가가 기본이다. 친구를 밟고 올라가지 않으면 내가 도태되는 냉정한 시스템. 결국 누가 더 많이 공부했느냐로 판가름이 난다. 보통 시험 기간 한 달 전부터 도서관에서 살다시피 하는데, 시험 분량이 너무 많아 아무리 열심히 해도 시간이 모자랐다. 밤샘은 기본이었다. 저절로 감기는 눈을 커피와 담배로 버텨가며 책장을 넘겼다.

외울 것이 너무 많아 책을 읽으면 한도 끝도 없었다. 일단 노트에 중요한 부분을 정리한 다음 외우는 것이 중요했는데, 동이 트고 날이 밝아올수록 우리의 상태는 악화되었고 담배에 찌든 머리는 몽롱할 정도였다. 연습장에 외울 것을 미친 듯이 써대는 친구도 있었고, 서로 퀴즈를 내듯 물어보면서 외울 때도 있었다. 건물 구석 계단에는 머리를 감싸 쥔 채 정신 나간 사람처럼 중얼거리는 녀석이 꼭 하나씩 있었고, 극도의 스트레스를 견디지 못한 친구는 휴게실에서 허공에 대고 소리 지르고 있었다. 아마도 앞글자만 따서 외운 것 같았다. 한참을 뭐라 소리 지르던 녀석은 갑자기 자기 머리를 손으로 치며 외쳤다.

"외웠어! 외웠어!"

마치 주문이라도 외우는 듯한 모양새였다. 사람들 눈에는 미친 놈으로 보이겠지만, 시험 직전의 의대생은 누구나 미칠 것만 같은 심정이기 때문에 전혀 새롭지 않은 풍경이었다.

시험공부가 잘되고 머리에 쏙쏙 들어오는 날이 있는가 하면, 정말 공부하기 싫은 날도 있었다. 30분 공부하다가 벌떡 일어나 휴게실에서 담배를 피우며 잡담을 하곤 했다(당시엔 나도 흡연자였고, 학교 건물 내 흡연이 가능했다). 시험 기간에 두셋이 모여 나누는 잡담은 어찌나 재미있던지 시간 가는 줄 몰랐다.

하지만 시험 시간이 다가올수록 압박감은 심해졌다. 공부할 양은 많은데 너무 공부하기 싫은 날은 속만 까맣게 타들어갔다. 책을 읽어도 눈에 들어오지 않았고 아무리 연습장에 쓰고 중얼중얼해봐도 외워지지 않았다. 도서관이 답답한 것 같아 휴게실에 앉아 책을 펼쳤지만, 마음은 조급하고 진도는 나가지 않으니 자포자기하는 심정이었다. 책상에 엎드려 널브러져 있는데 선배가 다가와 앞에 걸터앉았다.

"너 여기서 왜 이러고 있냐?"

"공부하기가 너무 싫어요. 왜 이렇게 안 외워지는 거죠. 아까부터 계속 이 페이지만 보고 있어요."

선배는 웃으며 담배를 물었다. 찰칵. 라이터 불빛에 선배의 얼굴이 발갛게 환해졌다. 담배 연기를 길게 내뿜으며 선배가 말했다.

"안 외워져? 내가 마음 편해지는 법을 가르쳐줄까?"

"뭔데요?"

"외우면 돼."

잠시 눈을 반짝였던 나는 선배의 대답을 듣고 다시 책상에 널브러졌다. 선배는 낄낄거렸다.

"농담으로 생각할지 모르겠지만, 진짜야. 그게 정답이야. 공부하기 싫을 때가 있지. 정말 하기 싫어 죽겠는 날이 있어. 휴게실에서 담배 피우며 노닥거리면 재미는 있는데 마음은 더 불안해지지. 그걸 해결하는 방법은? 공부밖에 없어. 아무리 도망치려 해도, 결국 공부해서 외우지 않으면 해결되지 않는 문제야. 하기 싫어 죽겠을 때에는 그냥 하는 수밖에 없어. 그게 정답이야."

당연한 이야기지만, 선배의 말이 가슴에 와 닿았다. 하기 싫다고 아무리 피해봤자 해결할 방법이 없다면, 부딪치는 수밖에 없다. 결국 나는 다시 정신을 차리고 시험공부를 시작했다. 외우는 수밖에 없다는 생각을 하자 차라리 마음이 편했다. 외울 때에는 힘들어도, 외우고 나니 마음의 압박감은 사라졌다. 하기 싫은 일을 이겨내는 방법은 하는 것밖에는 없던 것이다.

나는 요즘도 정말 하기 싫은 일이 있어 자신도 모르게 미루고 싶어질 때면, 선배의 말을 떠올리며 반성한다. 내가 또 피하고 있었구나. 해결 방법은 이미 알고 있는데 모른 척했구나 하면서 말이다.

"하기 싫어 죽겠을 때에는 그냥 해라."

선배의 말대로, 그게 가장 확실하고 빠른 방법인 것 같다.

말은 달려야 할 이유가 없으면 달리지 않는다

게르(ger) 캠프 뒤편에 말이 묶여 있었다. 의료봉사를 하러 몽골에 갔는데, 그만 현지에서 문제가 생겨 행사가 모두 취소되는 상황이 벌어졌다. 귀국일까지 덩그러니 게르 캠프에서 시간을 보내야 할 상황인데, 봉사단을 이끌던 이 선생님께서 캠프 측에 부탁해 말을 타보는 체험을 할 수 있게 해주셨다. 계획에 없던 일인지라 우리를 도와줄 마부도 부족했다. "쵸!" 하고 외치며 말의 배를 차면 앞으로 가고, 고삐를 잡아당기면 선다는 것만 배웠다. 몽골의 '쵸!'는 우리나라의 '이랴!'와 같은 의미였다.

말갈기를 휘날리며 몽골의 드넓은 초원을 달리는 상상을 했다. 마부는 여성이 탄 말들을 주로 이끌며 앞서나갔고, 내가 탄 말도 느릿느릿 걷기 시작했다. 그런데 웬걸, 얼마 가지 않아 그 자리에 우뚝 멈춰 서고 말았다.

"쵸!"

나는 배운 대로 소리를 내며 말의 배를 툭 찼다. 하지만 말은 미동조차 하지 않았다. 나중에 알고 보니, 말은 꽤 똑똑한 동물이어서 올라탄 사람이 만만하면 말을 듣지 않는다고 한다. 승마가 취미인 지인은 말 다루는 법을 이렇게 표현했다.

"말이 나를 인정하도록 해야 해요. 인정하지 않으면 명령을 듣지 않거든요. 말은 달려야 할 이유가 없으면 달리지 않아요, 귀찮으니까."

그랬다. 내가 소리 지르는 것도 발을 차는 것도 영 시원치 않으니 말은 걷는 게 귀찮아진 것이다. 동기를 부여하지 못한 내 탓이었다.

하지만 그 사실을 알지 못하던 당시, 나는 당황해 어쩔 줄을 몰라 했다. 말은 내가 소리를 지르고 배를 차도 전혀 개의치 않더니, 급기야 주변의 풀을 뜯어 먹기 시작했다. 앞으로 나아가야 할 이유가 없으니 노골적으로 휴식을 취하는 것이었다. 나는 완벽히 무시당했다.

쵸! 말의 배가 아플까 걱정되긴 했지만, 나는 힘껏 배를 찼다. 말이 뚜벅뚜벅 걷기 시작하다가 이내 멈춰 섰다. 중간 지점에 있던 여자 일행 한 분이 보다 못했는지 다가와 말의 고삐를 잡고 끌기 시작했다. 참 기묘한 광경이었다. 남자는 말 위에 앉아 있고, 가녀린 여자가 말고삐를 끌고 가는 장면. 저 멀리서 보던 이 선생님이 달려와 말고삐를 잡아채셨다. 이 선생님은 그 광경을 훗날 이렇게 표현하셨다.

"춘향이가 탄 게 아니라, 어째 방자가 타고 춘향이가 말을 끌더라고! 하하!"

이 선생님이 잡아끌며 소리를 지르자, 말은 정신을 차렸는지 빠르게 걷기 시작했다. 고삐를 넘겨받은 나는 말을 몰았다. 한번 탄력을 받은 말은 속도를 내기 시작했고, 나중에는 너무 빨라서 고삐를 당겨야 할 정도였다.

나는 가끔 나태해질 때면 게을렀던 그 말을 떠올린다. 귀차니스트인 나로서는 무언가를 열심히 한다는 것이 참 힘들다. 물론 내 생활을 지켜본 지인이라면 '그게 귀차니스트가 하는 생활이 맞냐?'며 나름대로 바쁜 생활을 질타할지 모르겠다. 하지만 나는 귀차니스트가 맞다. 다만, 바쁜 귀차니스트일 뿐이다.

내가 바쁜 귀차니스트가 된 방법은 '하지 않을 핑계'가 아니라 '해야만 하는 핑계'를 만드는 것이었다. '자신과의 약속'은 미룰지언정 '남들과의 약속'을 미루거나 깨는 경우는 드물다. 나는 그것을 이용했다. 남들과 약속을 하고 공개적으로 선언하는 식이었다.

식스팩 프로젝트가 대표적이다. 식스팩을 만들기로 마음먹고, 난 추한 배불뚝이 상반신 탈의 사진을 블로그에 올렸다. 그리고 선언했다. 12주 후에 식스팩을 만들겠노라고.

배불뚝이 사진만으로도 충분히 창피한데, 만약 12주 후 다이어트에 실패한다면 치욕적인 웃음거리가 될 게 뻔했다. 나는 그런 부끄럼을 당하지 않기 위해, 블로그 이웃과의 약속을 지키기 위해 피나는 노력을 했고, 결국 식스팩 프로젝트는 성공했다.

남들과 약속하는 것만이 유일한 방법은 아니다. 구체적인 목표를 세우는 것도 좋은 효과가 있었다. '이번 주말까지 수필을 한 편 써야지'라는 막연한 자신과의 약속보다는, '이번 주말까지 수필을 한 편 써서 ○○문학상에 보내야지'라는 약속이 좀 더 자극적이었다. 시간적인 면뿐만 아니라 완성도에서도 좋은 결과를 낳았다. 결국 말도 사람도 달려야 할 이유가 있어야 했던 것이다.

식스팩 프로젝트 이후 '해야만 하는 핑계'가 줄었고, 어느새 나는 또다시 게으른 귀차니스트가 되어가고 있었다. 하고 싶은 일들은 많은데 귀찮아서 미루다 보니, 몇 달 이상을 빈둥빈둥 허송세월하고 말았다. 그러다가 문득 깨달았다.

아, 이젠 '해야만 하는 핑계'가 필요한 시점이구나.

내가 귀차니스트라는 것을 잊고 일을 진행하다 보니 이렇게 된 것이다. 뜨끈한 방바닥을 뒹구는 것도 즐거운 일이지만 그래서는 나에게 남는 것이 없고 새로운 즐거움이나 발전도 없다.

말장난 같지만 '해야 한다'와 '한다'는 큰 차이가 있다. 구속력의 여부는 나 같은 귀차니스트에게 큰 동기를 부여한다.

해야 할 이유가 없다면 할 이유도 없다. 무언가를 하고 싶다면, 해야 할 핑계부터 찾아야 하지 않을까. 말도 사람도 마찬가지다.

부족함을 깨닫는다는 건 즐거운 일이지요

아내는 음식을 곧잘 한다. 요리를 만들어본 적은 별로 없다는데, 요리책만 보고도 뚝딱뚝딱 처음 해보는 음식을 만들어낸다. 얼마 전에는 부대찌개를 끓였는데, 내 입맛에 잘 맞아서 배부르게 먹기도 했다. 찌개를 먹다 보니 대학 시절 부대찌개를 끓여보려고 노력했던 기억이 떠올랐다. 내가 요리에 소질이 없다는 것을 깨닫게 된 그 일이.

작은누나 부부가 중국으로 한 달간 여행을 떠나면서, 집을 비우는 게 마음에 걸렸는지 나에게 방학 기간 동안 집에 와서 살라고 했다. 별다른 계획이 없던 터라 흔쾌히 수락했다. 혼자 살면서 요리 공부나 좀 해볼까 싶었다. 요리책 하나만 달랑 들고 서울로 올라갔다.

내가 다니던 학교 앞에 부대찌개집이 있었는데, 맛이 참 좋았다. 나도 부대찌개를 잘 끓이는 남자가 되고 싶었고, 처음 도전해본 요리가 부대찌개였다. 책에 나온 대로 재료를 넣고 팔팔 끓였다. 학교 앞 부대찌개집의 음식 맛을 기대하며 국물을 한 모금 넘겼다. 하지만 곧바로 인상을 찌푸렸다.

'맛이 왜 이러지?'

내가 상상하던 맛과는 전혀 달랐다. 일단 너무 밍밍했다. 맛이 한참 부족한데, 무엇이 부족한지 전혀 감이 오지 않는다는 게 문제였다.

일단 밍밍하니까 소금을 더 넣어보자. 간은 짠데 맛있지 않고 여전히 뭔가 빠진 느낌이었다. 얼큰한 부대찌개가 아니었다.

'얼큰하려면 고춧가루가 들어가야 할 거야.'

나는 고춧가루를 듬뿍 넣었다. 국물이 시뻘겋게 변했다. 국물을 한 모금 먹어보니 맵기만 하고 '얼큰한' 느낌은 들지 않았다. 간장도 넣어보고 고추장도 넣어보고 급기야 금단의 비법이라는 라면 스프까지 넣어봤지만, 나의 찌개는 양만 점점 늘어나는 정체불명의 음식이 되어가고 있었다. 결국 그날 저녁, 나는 찌개를 버리고 김에 밥을 싸 먹었다.

그 후에도 몇 차례 부대찌개에 도전해봤지만 번번이 찌개의 간을 맞추는 데 실패했다. 간이 맞지 않는, 부족한 한 가지를 찾아내지 못했던 것이다. 나는 지금도 찌개를 끓일 줄 모른다. 뭐가 부족한지 모르니 끓일 수가 없는 것이다.

부족함을 깨닫는 것은 무척 힘든 일이다. 비단 음식의 간을 맞추는 일뿐만이 아니다. 인생 자체가 그렇다. 가장 답답한 것 중 하나가, 뭔가 문제는 있는데 그게 무엇인지 전혀 알 수 없는 것 아닐까. 혼자 끙끙 앓으면서 고심하지만 해답을 얻지 못할 때에는 스트레스 쌓이는 소리가 들린다. 그러다 어느 순간, 퍼뜩 무엇이 부족한지 깨닫게 되면 그 기쁨과 후련함은 말로 표현하기 힘들 정도다.

의사수필가협회 모임에서 합평회를 한 적이 있다. 합평이란 여럿이 모여 의견을 나누며 비평하는 것인데, 회원 가운데 몇 분의 글을 대상으로 진행됐다. 손볼 곳이 없을 만큼 좋은 글도 있었지만, 여기저기 허점이 보이는 원고도 있었다. 나는 합평 내내 마음을 졸였다. 지적하고 싶은 부분이 있었는데, 혹시라도 당사자의 기분이 상할까 봐 말할 용기가 나지 않았던 것이다.

하지만 다른 선생님들은 가차 없이 비평을 시작했다. 글은 수없이 난도질당했고 옆에서 듣는 내가 민망할 정도로 적나라한 지적들이 이어졌다. 너무 심했다 싶었는지, 한 선생님이 넌지시 물으셨다.

"저희가 너무 많이 지적해서 기분 상하신 건 아니시죠?"

합평을 받던 선생님은 손사래를 쳤다. 만면에 웃음을 짓고 있었다.

"그럴 리가요. 이렇게 좋은 가르침을 어디서 배울 수 있겠습니까. 부족함을 깨닫는 건 즐거운 일이지요."

순간 내 가슴에 똬리를 틀고 있던 걱정 하나가 쑤욱 내려갔다. 날 선 비판 뒤에 숨은 애정이 느껴졌다. 비평을 한다는 것은 그 글을 꼼꼼히 읽고 분석했다는 뜻이다. 그만큼 관심과 애정이 있지 않고선 할 수가 없는 일이다. 그 후 나도 합평 게시판에 종종 글을 올렸고, 많은 것을 배웠다.

그 선생님의 말씀처럼, 부족함을 깨닫는다는 것은 그야말로 즐거운 일이다. 부족한 게 뭐가 기쁘냐고 할지 모르지만, 부족한 것은 노력으로 메우면 된다. 노력해도 절대 안 될 것 같을 땐 포기하면 된다.

정말 답답한 것은, 문제가 있다는 것은 알겠는데 무엇이 문제인지 모르는 상황이다. 어느 것이 부족한지 알 수가 없으니, 소금 치고 고춧가루 뿌리고 간장 붓다가 결국 냄비째 버리게 되는 것이다. 이 얼마나 답답한 일인가.

나는 인생이 깨달음의 연속이라 생각한다. 깨달음은 비단 종교적이거나 영적인 것만은 아니다. 일상생활이 모두 깨달음이다. 그것은 본질을 간파하는 것일 수도 있고, 방법을 터득하는 것일 수도 있다.

부족함을 깨달았을 땐 부족함을 메우면 된다. 정말 슬픈 것은 부족함을 깨닫지 못하고 자만하거나, 더 이상 발전하지 못하는 것이 아닐까. 그러니 부족하다고 낙심할 필요는 없다. '부족함'은 '발전 가능성'의 동의어다. 부족함을 깨달았으면 행복한 마음으로 열심히 노력하는 것으로 충분하다. 부족함을 깨닫지 못하는 이에게 과연 발전이란 게 있을까.

싹은 솟았어도 꽃을 피우지 못하는 것이 있구나

어릴 적 살던 집에는 좁은 마당이 있었다. 부모님은 그 좁은 마당에 화단을 만들어 온갖 나무와 꽃을 심곤 하셨다. 봄에는 개나리가 만발하고 여름이면 봉숭아와 채송화, 맨드라미가 흐드러졌다. 봉숭아 열매는 손으로 만지면 탁 터지면서 씨가 나왔다. 그게 재미있어서 잘 익은 봉숭아 열매마다 건드려 터뜨리곤 했다.

겨울이 지나 봄이 오면 눈 녹은 화단에 싹이 움텄다. 겨울을 버텨낸 봉숭아, 채송화 새싹들이 파릇파릇 화단을 뒤덮었다. 그리고 그 싹은 자라서 다시 꽃을 피우고, 씨앗을 땅 위에 뿌렸다.

하지만 싹이 솟았다 해서 모두 쑥쑥 자라는 것은 아니었다. 만약 그랬다면 우리 집 화단은 수천, 수만 개의 채송화와 봉숭아로 공포영화의 한 장면이 되었을지도 모른다. 싹은 자라면서 영양분을 빨

아들이기 위해 서로 경쟁하고, 결국 그 경쟁에서 살아남은 것들만 줄기를 내고, 잎을 달아 꽃을 피우는 것이다. 꽃은 아름답지만, 그 꽃을 피우기 위한 과정은 피 흘리는 싸움이며 눈물 젖은 아픔이다.

사람도 마찬가지가 아닐까. 이 세상에는 다양한 분야에서 최고가 된 사람들이 있다. 타고난 감각과 운으로 손쉽게 그 자리에 오른 사람도 있지만, 대부분은 고난과 역경을 이겨내면서 포기하지 않고 노력해 결국 남들이 이르지 못하는 경지에 다다른 것이다. 세상은 비정하다. 끝까지 경쟁하는 사람들 중에서, 결국 다른 사람보다 더 노력하고 더 큰 고통을 감내해야 성공할 수 있으니 그 자리는 정말 상처투성이의 영광일지도 모르겠다.

사실 세상을 바꾸는 것은, 마지막 한 걸음이다. 남들이 힘들어 주저앉았을 때, 이를 악물고 내딛는 그 한 걸음의 차이가 성공과 실패를 가르는 것이다.

전 세계 47개 국어로 번역되어 1억 부가 넘게 팔린 《영혼을 위한 닭고기 수프》는 출판 전에 140개의 출판사로부터 거절당했다고 한다. 140번이나 자존심이 상했다는 것이다. 보통 사람이라면 서너 번만 거절당해도 좌절하며 포기했을 것이다.

만약 작가가 139번째 거절당했을 때 '아, 이렇게까지 거절당했으니 출판은 힘들겠구나'라고 생각했더라면 어떻게 됐을까? 《영혼을 위한 닭고기 수프》 원고는 그의 서랍 안에 고이 담긴 채 먼지만 쌓여갔을 것이다. 마지막 한 번의 도전으로 결과는 완전히 바뀌어버렸다. 정말 소름 끼치는 일이다. 139번째 거절당한 그때, 단 한

번 좌절을 이겨냈을 뿐인데 1억 부나 팔리는 베스트셀러가 되다
니! 지나치게 계산적인 생각이지만, 감이 쉽게 오지 않는 분을 위
해 덧붙이면 한 권당 1000원만 벌어들였다 해도 인세가 1000억
이다. 마지막 그 한 번의 도전으로 0원의 빈털터리에서 1000억의
대부호가 되어버린 것이다.

노래 〈트러블메이커〉로 인기몰이를 했던 장현승. 그는 사실 '빅
뱅'의 멤버가 될 수 있었다. 빅뱅 결성 때 마지막에 탈락해 결국 데
뷔하지 못했고, 연습생 과정을 통해 그룹 '비스트'의 멤버가 되었
다. 비스트는 초기에 '재활용 아이돌'이라는 불명예스러운 타이틀
을 달고 다녔다. 하지만 그 후 발표하는 곡마다 인기를 얻으며 한
류를 이끌어가는 그룹 중 하나로 당당하게 이름을 올리고 있다.

만약 장현승이 빅뱅 선발에서 탈락한 후, 좌절하고 포기했더라
면 어떻게 되었을까? 그저 한때 노래와 춤을 췄던 일반인이 되어
있을지도 모른다. 역경을 딛고 일어났기에 오늘의 장현승이 있고,
비스트가 있는 것이다.

천 리 길도 한 걸음부터라지만, 가장 중요한 것은 마지막 한 걸
음인 듯싶다. 운동을 할 때도 마찬가지다. 헬스장에 다니는 사람들
의 불평 중 하나가 '나는 매일 열심히 운동하는데 왜 아무 변화가
없지?'이다. 그들이 운동하는 모습을 보면 바벨을 들었다 났다 몇
번 하다가 힘들기 시작하면 멈춰버린다. 근육이 자극을 막 받으려
고 하는데 끝내는 것이다. 그러니 근육이 자랄 수가 없다.

보디빌딩을 하는 사람들이 가장 중요하게 여기는 것이 바로 마

지막 한 번이라고 한다. 도저히 할 수 없을 것 같은데 마지막 젖 먹던 힘까지 짜내며 이를 악물고 들어 올리는 그 한 번에 근육은 정신을 바짝 차리고 성장한다는 것이다.

《논어》에 나온 말을 인용해본다.

싹은 솟았어도 꽃을 피우지 못하는 것이 있구나! 꽃은 피어도 열매를 맺지 못하는 것이 있구나!

해마다 봄이면 화단에 손톱만 한 싹이 볼록볼록 지천으로 솟아오른다. 하지만 여름이 되어 꽃을 피우는 것은 그 싹들 중 아주 일부분이다. 처음엔 똑같은 싹이지만 쉬지 않고 끝까지 힘을 내는 싹만 줄기가 자라고 잎을 내는 것이다. 싹이 솟았다고 해서 모두 꽃을 피우고 열매를 맺는 것은 아니다. 나는 꽃을 피우는 봉숭아가 될 것인가, 소리 없이 사라지는 수많은 싹 중 하나가 될 것인가. 베스트셀러 작가의 길이 눈앞에 있는데, 엄청나게 큰 무대에서 노래 부르는 아이돌이 바로 코앞인데, 선망받는 기업인, 명문대 학생, 주목받는 디자이너, 사람들이 줄지어 기다려가며 먹는 맛집 주인이 한 발짝 앞에 있는데 그 마지막 한 걸음을 내딛지 못해 모든 것이 신기루처럼 사라진다면 그 얼마나 안타까운 일인가. 싹이 솟았으니 꽃을 피워야 하지 않을까.

오르지 않으면 떨어질 수도 없다

포털 다음에서 '일본 방사능'을 검색하면 내가 쓴 글이 맨 위에 뜬다. 일본으로 스노보드를 타러 간 김에 방사능 측정기를 가져가 직접 수치를 재본 결과를 올린 글인데, 이 때문에 여러 가지 일을 겪었다.

발단은 2011년 3월 13일에 발생한 후쿠시마 원자력 발전소 사고였다. 지진에 의한 해일로 후쿠시마 지역의 원자력 발전소가 붕괴됐고, 방사능 물질이 유출됨에 따라 일본은 매우 위험한 상황에 처했다. 후쿠시마 원전 근처에서는 생명이 위험할 정도로 고농도의 방사능이 검출되었다.

스노보드 시즌이 다가오자 나는 고민에 빠졌다. 일본의 방사능 수치가 상승한 것은 사실인데, 도대체 얼마나 높은 상태인지, 내가 스노보드 원정을 포기해야 할 정도인지 궁금했다. 누군가는 아무렇지도 않게 도쿄 여행을 다녀왔다 하고, 누구는 일본에 가는 것은 미친 짓이라고 힐난했다.

참다못한 나는 직접 데이터를 정리하기 시작했다. 책을 읽고 뉴스에 나온 수치를 보며 나름대로 논리적인 결론을 내리려 했다. 후쿠시마 인근은 매우 위험했고, 도쿄 지역도 꽤 오염되어 있었으나 홋카이도 일부 지역과 규슈는 상대적으로 방사능 오염도가 낮았다. 위험을 감수해야 하겠지만 대기 중의 세슘 흡입과 음식 섭취만 조심하면 규슈나 홋카이도 3박 4일 여행은 '절대 금지' 상황까진 아니라는 판단이 들었다.

블로그에 일본 방사능 관련 글을 연재하기 시작했다. 나처럼 일본으로 여행을 가고 싶어 하는 사람들에게 현재 상황이 어떤지 말해주고 싶었을 뿐이었다. 일본의 상황을 미화할 생각도 없었고, 일본 여행을 추천할 생각도 없었다.

하지만 내 의도와는 달리, 그때부터 시련이 시작되었다. 악플이 마구 달렸다. 한국인이면서 왜 일본 편을 드느냐는 것이었다. 일본 여행이 안전하다는 뜻이 아니라고 아무리 설명해도 사람들은 이해하려 들지 않았다.

한동안 블로그에 댓글이 달리면 심장부터 쿵쾅거렸다. 오늘은 또 어떤 욕이 달려 있을까. 홧김에 글을 지워버릴까 생각도 했었다.

시행착오도 여러 번 겪었다. 그중 대표적인 것이 바로 '식스팩 만들기'였다. 방송인 조영구 씨가 식스팩을 만들었다는 기사를 읽으면서 나도 식스팩을 갖고 싶다는 생각이 들었다. 그날부터 '식스팩 프로젝트'를 시작했다. 개인 트레이너도 없이 혼자 저지른 일이었다.

12주가 지나자 결과는 꽤 만족스러웠다. 체중은 76.8킬로그램에서 64.1킬로그램으로 12.7킬로그램 줄었고, 체지방률은 21.7퍼센트에서 9.8퍼센트까지 내려갔다. 36인치였던 허리 사이즈는 28인치가 되었다.

블로그에 비포 애프터 비교 사진과 함께 후기를 올렸다. 많은 분들이 축하해주셨고 나 또한 기뻤다. 내 후기가 포털 다음 메인 화면에 소개되었고, 그날 하루에만 만 명이 내 블로그를 찾았다. 과분한 관심에 얼떨떨했지만 기분은 좋았다.

하지만 부작용도 있었다. 운동하느라 약속을 미루고 회식에도 불참하다 보니 주변의 시선이 곱지 않았다. 게다가 지나친 체중 감량으로 인해 나는 매우 예민해져 있었다. 사소한 일에도 신경질을 내는 일이 잦았다. 그러던 어느 날 나는 퍼뜩 깨달았다. 내가 환자에게 조금씩 짜증 내고 있다는 사실을.

나는 식스팩을 가진 몸짱이기 전에 신경과 의사였다. 그리고 내가 가야 할 길 역시 의학이었다. 환자를 돌보면서 얻는 스트레스를 풀기 위해 이런저런 취미를 가졌던 것인데, 오히려 그 취미 때문에 환자에게 짜증을 내는 어리석은 짓을 범하고 있었던 것이다.

돌이켜 생각해보면 나의 '식스팩 프로젝트'는 실패였다. 비록 식스팩을 만들었을지 몰라도 결과적으로는 헛된 일이었다. 의사라는 본분에 충실하려다 보니 체중이 다시 늘었다. 하지만 식스팩을 만들기 위해 노력했던 시간이 무의미하다고 생각하지는 않는다. 순간순간 나는 행복했고, 그 시간은 좋은 추억으로 남아 있기 때문이다.

실패는 도전한 사람만이 얻을 수 있는 특별한 결과물이다. 실패가 거듭되어 성공을 이루게 마련인데, 도전하지 않은 사람은 실패라는 결과를 얻을 수도 없고, 따라서 성공할 수도 없다.

지인은 나에게 이런 말을 했다.

"오르지 않으면 떨어질 일도 없다."

얼마 전에도 아는 분이 산에 올라 사진을 찍다가 발을 헛디디는 바람에 추락해 세상을 뜨는 사고가 있었다. 사람들은 등산을 아주 쉽게 생각하는 듯싶은데, 내 입장에서는 매우 위험한 스포츠 중 하나다. 자칫하면 안전사고가 발생할 가능성이 높다. 내가 등산의 위험성을 이야기하자 지인은 이렇게 말하며 웃었다.

"산에서 사고 안 당하는 가장 확실한 방법이 뭔 줄 알아?"

"글쎄요. 그런 게 있나요?"

"안 올라가는 거야. 오르지 않으면 떨어질 일도 없지."

그분의 말에는 반어법이 숨어 있었다. 안전하게 살려면야 산에 오르지 않는 것이 당연한데, 그렇게 살면 평생 산의 아름다움을 알 수 없다는 뜻이었다. 무언가를 얻으려면 그만큼의 위험과 불편은 감수해야 한다는 것이다.

　나도 마찬가지다. 일본 방사능에 관한 글을 올려 악플을 받거나, 실수를 해서 사람들로부터 비난받거나, 시행착오로 많은 시간과 노력을 허비하기도 했다. 그런 것들을 피하려면 쥐 죽은 듯 집 안에 틀어박혀 있어야 하는데 그래서는 인생이 재미있을 수 없다.

　지인은 나에게 '오르지 않으면 떨어질 일도 없다'고 했다. 하지만 나는 조금 다르게 생각한다. '오르지 않으면 떨어질 수도 없다'가 맞지 않을까. 내가 이렇게 멋진 풍경을 산 위에서 바라볼 수 있는 것은 그만큼 높이 올라왔기 때문이다. 내가 많은 사람들과 이야기를 나누고, 댓글을 달며 마음을 나누는 것도 내가 세상 밖으로 나왔기 때문이다. 떨어질까 봐 무서워 산에 오르지 않는 건 너무 슬픈 일이다. 물에 빠져 죽을까 봐 수영을 배우지 않는 것은 안타깝다. 뻑사리가 날까 봐 노래를 안 부르는 건 답답하다. 넘어져 다칠까 봐 축구하는 친구를 바라만 보는 건 너무 재미없다. 목청껏 노래해보자. 숨이 턱에 닿도록 달려보자. 차가운 물살을 가르고, 힘차게 산에 올라보자. 해보니, 그게 정말 사는 맛이더라.

제3장 / 사소함으로부터 배우다

하루 착한 일을 했다고 복이 곧 오지는 않지만 화는 저절로 멀어진다. 하루 나쁜 일을 했다고

화가 곧 오지는 않지만 복은 저절로 멀어진다. 착한 일을 하는 사람은 봄 동산의 풀처럼, 자라는

것이 보이지는 않지만 매일 자라는 것과 같다. 나쁜 일을 하는 사람은 칼을 가는 숫돌처럼, 닳아

없어지는 것이 보이지는 않지만 매일 줄어드는 것과 같다.

—동악성제, 〈수훈〉

옆집 할머니는 공자, 앞집 아저씨는 맹자

신경과 동료 과장님께서 4일간 여름휴가를 떠났다. 그동안 병원의 신경과 환자를 모두 책임져야 할 상황인데, 가는 날이 장날이라고 꼭 이럴 때 환자가 몰려온다. 외래 환자는 하루 100명 가까이 왔고, 응급실도 10여 명의 환자가 입원했다. 눈코 뜰 새가 없었다.

나는 스트레스에 찌들어 있었고 체력도 고갈됐다. 진료하며 말을 너무 많이 했더니 입안이 쩍쩍 말라갔다. 조금만 참자, 힘내자. 그러나 환자는 좀처럼 끊이지 않았다. 아주머니 한 분이 들어왔고, 나는 물었다.

"어디가 불편하신가요?"

"아, 머리가…… 여기가 막 그냥, 아우, 죽겠어요."

"머리가 어떻게 불편하신데요?"

"어떻게 표현할 수 없을 정도로 그냥, 아우."

"머리가 아프셔서 오신 거예요?"

"예전에는 이러지 않았는데, 아 정말 너무 심해서……."

도대체 머리가 아프다는 건지, 어지럽다는 건지, 가렵다는 건지 구분이 되지 않았다. 말하는 것으로 보아서는 두통 같은데, 정확히 표현하지 않으니 답답했다.

"언제부터 머리가 아프셨나요?"

"꽤 됐죠."

"얼마나 오래됐나요?"

"쫌, 한참 됐어요."

"얼마나 한참요?"

"예전엔 이 정도까진 아니었는데 요새 더 심해지더라고요."

내가 알고 싶은 것은 두통이 며칠 전부터 시작됐는지였다. 하지만 세 번이나 같은 질문을 하고도 나는 환자가 언제부터 아팠는지 알 수가 없었다. 한참이라는 건 참 애매한 답변이다. 몇 시간도 한참이고 몇 달도 한참이고 심지어 몇 년도 한참이라는 말에 포함된다. 조용히 환자의 말을 듣던 나는 속이 부글부글 끓었다. 그렇잖아도 힘든데 나에게 왜 이런 시련을 주는 걸까.

환자에게 무리한 것을 원하지는 않았다. "저는 이틀 전부터 좌측 측두부에 욱신욱신거리는 박동성 두통이 지속되었고 약간의 오심 증상이 있었습니다." 이런 말을 바라는 것이 아니다. 그저 내가 묻는 말에 정확한 정보를 주었으면 했다.

어쨌거나 마음을 다스리며 진료를 마쳤다. 외래가 끝나고 병동 회진을 돌고 나니 쓰러질 것 같았다. 이제야 좀 쉴 수 있겠구나. 나는 진료실 의자에 드러눕듯이 널브러졌다. 손가락 하나 꼼짝하기 싫었다. 그 상태 그대로 이런저런 생각을 하다 보니 문득 웃음이 났다.

"내 글을 읽는 분들도 그렇게 답답하셨으려나?"

예전 일이 떠올랐다. 나는 고등학교 다닐 적부터 글쓰기를 좋아했다. 대학 초반 때만 해도 꽤 치열하게 글을 썼다. 하지만 당시엔 글을 잘 쓴다는 이야기를 듣지 못했다. 그저 글쓰기 좋아하는 수많은 사람 중 하나였다. 그러다 보니 글로 인해 상처받고 절망하기도 했다.

부끄러운 이야기지만, 요즘은 글을 잘 쓴다는 이야기도 가끔 듣는다. 나에 대한 평가가 왜 이렇게 달라졌나 한동안 궁금했었다. 여러 가지 요인이 있겠지만 그중 한 가지는 바로 환자가 나를 괴롭힌 것과 같은 이유였다.

좋은 글은, 쓰는 사람이 하고 싶은 말을 맘껏 하는 것이 아니다. 읽는 사람이 쉽게 이해할 수 있도록 쓰는 것이다. 한 번 읽어서 이해되지 않는 글은 좋은 글이라 할 수 없다.

어릴 적만 해도 겉멋이 들어서 어떻게 하면 뭔가 있어 보이는 글을 써볼까 고심했었다. 글의 내용보다 멋진 문장을 떠올리기 위해 고심하던 시절이었다.

내가 하고 싶은 말들을 다 토해내려 했다. 머릿속에 담긴 이야기가 너무 많아서 그것을 다 털어놓지 않으면 견딜 수가 없었던 것이다. 읽는 사람은 안중에도 없이 내가 하고 싶은 말만 주절주절 늘어놨다. 한마디로 배설이다.

시간이 흘러 그런 것들을 내려놓으면서 글이 나아졌던 것 같다. 글이 간결해지고 주제가 명료해졌다. 사람들이 공감할 수 있는 것을 쓰면서 평가도 좋아졌다. 결국 글을 잘 쓴다는 것은 읽는 이에 대한 배려였다. 내가 환자에게 정확하고 간결한 답변을 원했던 것처럼, 당시 내 글을 읽던 사람들도 좀 더 쉽고 간결한 글을 원했을 것이다.

증상을 제대로 설명하지 못하는 환자와의 대화에서, 나는 그동안 내게 부족했던 것을 깨달았다. 세 사람이 길을 걸어갈 때 그중에는 반드시 나의 스승이 될 만한 사람이 있다고 한다. 요즘 그 말이 절실하게 느껴진다. 위인들의 이야기도 세상의 진리를 깨닫게 해주지만 시골 노인네의 한마디, 인터넷에 떠도는 유행어, 어린아이가 무심코 던지는 말들이 오묘한 인생의 진리를 담고 있는 경우도 많았다. 비록 투박하고 거칠지언정, 사람이 살아가면서 느끼는 것은 모두 소중한 지혜였다.

공자, 맹자, 소크라테스만 삶에 귀감이 되는 이야기를 할 수 있는 것은 아니다. 옆집 할머니의 한마디가 더 가슴에 와 닿을 수도 있다. 내게 있어 옆집 할머니는 공자, 앞집 아저씨는 맹자나 마찬가지였다.

사소한 한마디의 말이 나에게 큰 가르침을 주었고, 스쳐 지나간

옛 속담, 라디오에서 흘러나오는 멘트 하나도 어느 순간 뼈저린
교훈이 되곤 했다. 그런 사소한 것들이 미숙했던 내 삶을 채워나
갔다. 내 인생에 있어 귀감이 되었던 사소한 한마디들을 풀어보고
자 한다.

법당의 불상이 부처님으로 보이던?

나는 어려서부터 책을 깨끗이 봤다. 교과서나 참고서를 동생들에게 물려주기 위함이기도 했지만, 내게 책은 조심스레 다뤄야 할 소중한 물건이기 때문이었다. 책만은 깨끗하게 보관하고 싶어서, 간혹 마음에 드는 책은 표지를 잘 포장해두기도 했다.

그 버릇은 대학에 들어와서도 마찬가지였다. 심지어 전공 책에도 쓸데없는 낙서는 하지 않았다. 밑줄을 그을 때에는 자로 반듯반듯 그었다.

어느 날, 시험 기간이었다. 공부를 하다가 잘 이해되지 않는 부분이 있어 친구들과 토론이 벌어졌다. 이러네 저러네 말들이 오가는데, 친구 하나가 불쑥 펜을 꺼내 들더니 내 책에 쓱쓱 글씨를 써가며 설명하기 시작했다.

내가 애지중지하던 책에 함부로 글씨를 써가며 설명하는 모습이 마뜩잖았다. 글씨가 한 자 한 자 늘어날 때마다 내 가슴에도 생채기가 나는 것 같았다. 한마디 할까 싶다가 꾹 참았는데, 친구들이 모두 사라지자 남은 것이라고는 내용도 알아볼 수 없게 마구잡이로 휘갈겨 써놓은 펜 자국뿐이었다.

기분이 상했지만 악의로 한 일이 아니어서 원망할 수도 없었다. 아니, 오히려 그 글씨를 써가며 해준 설명 때문에 친구들과 내가 내용을 이해할 수 있었으니 좋은 일이기도 했다. 한동안 더럽혀진 책 때문에 안절부절못하던 나는 깨달았다. 내가 책 자체에만 집착하고 있었구나.

책은 정보를 습득하게 해주는 도구일 뿐이다. 책 안의 내용이 중요한 것이지, 책 자체가 보물은 아니다. 못살던 어릴 적에야 물려주기 위해 책을 아껴 썼다 하더라도, 요즘은 책을 물려주는 일이 거의 없으니 책을 깨끗이 쓰는 것보다 책의 내용을 얼마나 잘 받아들이느냐가 중요하다. 책에 흠집이라도 날까 봐 조심하다가 중요한 내용을 지나치기라도 하면 얼마나 안타까운 일인가.

영화 〈달마야 놀자〉에 이런 장면이 있다. 불량배들이 청소를 하다 불상을 넘어뜨려 귀가 떨어졌는데, 스님들이 그 사실을 알고 불량배를 절에서 몰아내려 하자 주지스님이 호통을 쳤다.

"부처님 귀야 떨어지면 다시 붙이면 될 거 아니냐? 너희들 눈에는 그게 부처님 귀로 보이냐? 법당의 불상이 부처님으로 보이던? 너희들 마음속에 부처가 들어 있거늘, 불상의 귀 하나 떨어졌다고 호들갑이야?"

참 마음에 와 닿는 대사다. 사실 불상은 부처님이 아니다. 다만 부처님의 형상을 만들어놓은 것일 뿐, 부처님은 마음속에 있는 것이다.

책도 마찬가지다. 책 자체가 보물이 아니라, 그 안에 담긴 내용이 보물이다. 책이 상할까 두려워서 애지중지하느라 내용에 집중하지 못한다면 그것만큼 책의 가치를 떨어뜨리는 일도 없다.

나는 그 후, 책을 깨끗이 보는 것에 대한 집착을 버렸다. 너무 좋은 글귀가 있으면 마음껏 밑줄을 긋고, 그때그때 느낀 점을 한구석에 써놓기도 했다. 책을 사서 두 번 세 번 읽는 경우는 생각보다 많지 않다. 한 번을 읽더라도 온전히 이해할 수 있도록 노력하는 것이 중요하다. 두 번 세 번 읽을 때를 위해 깨끗하게 보는 것이 중요한 것은 아니다.

우리는 때로 겉모습에 집착하다 온전한 뜻을 이해하지 못하는 경우가 있다. 커피의 향과 맛에 집중하는 것이 아니라 외국의 어느 커피 브랜드인가에 신경을 쓰고, 옷은 예쁘고 따뜻하기만 하면 되는데 비싼 아웃도어 패딩을 입고 남이 입은 옷의 상표를 흘끔거리곤 한다. 여행은 그 자체로 즐겨야 하는데 어떻게 하면 더 예쁘게 찍힐까 카메라 앞을 서성이느라 정작 아름다운 풍경은 놓치기도 한다.

책 자체가 지혜가 아니고 불상 자체가 부처님이 아니듯, 우리의 눈에 보이는 게 아니라 그 안에 담긴 진실과 지혜를 뚫어볼 수 있는 마음가짐을 가져야 하지 않을까. 책을 깨끗이 관리한다고 지혜가 느는 것도 아니요, 불상을 잘 닦는다고 깨달음을 얻을 수 있는 것도 아니다. 본질은 눈에 잘 보이지 않는 곳에 숨어 있기 마련이니까.

K는 나만큼이나 내성적인 친구였다. 학창 시절 제대로 연애 한 번 못해봤다던데, 명문대 출신에 외모도 준수해서 도대체 왜 여자친구가 없는지 이해되지 않는 친구였다. 나중에 알고 보니, 성격이 문제였다. 좋아하는 사람이 있어도 고백할 용기가 나지 않으니 그저 멀리서 지켜보기만 하다가, 번번이 다른 남자들에게 선수를 빼앗기곤 했다.

그러던 그가 어느 날 싱글벙글한 표정으로 나타났다. 좋은 일이 있었구나 싶어 물어봐도 좀처럼 이야기하지 않았다. 집요하게 추궁하니 그제야 실토했다.

직장 동료 중에 마음에 드는 처자가 있었다고 한다. 처음 만날 때부터 심장이 두근거리게 만드는 사람이었다. 귀엽고 예쁜 그녀는 사람들에게 인기가 많았다. 몇 차례 술자리에 합석하면서 조금 친해졌는데, 만나면 만날수록 호감이 생겼다.

하지만 그에게는 용기가 없었다. 이렇게 인기가 많은데 혹시라도 거절당할까 걱정되었고, 어떻게 고백해야 자연스러울지 좋은 생각이 떠오르지 않았다. 그렇게 망설이던 중, 그녀에게 다른 남자가 접근해왔다. 이번에도 또 빼앗기는구나. K는 낙심했지만 어쩔 수 없다고 생각했다.

그날은 마침 4월 1일 만우절이었다. 라디오를 켜놓고 운전을 하는데 여러 가지 만우절 거짓말에 대한 이야기가 흘러나왔다. 재미난 것도 많았고 지구 멸망처럼 황당한 것도 있었다. 순간, 라디오 진행자의 한마디가 그의 머릿속을 때렸다.

"만약 내일 지구가 멸망한다면 여러분은 뭘 하실 건가요?"

K는 곰곰이 생각해봤다. 보통 사람이라면 가족과 함께 시간을 보내겠지만, 순간 그의 머릿속에는 온통 그녀 생각뿐이었다. 이렇게 고백도 못하고 죽는다는 것이 너무 억울했다.

그는 곧바로 차를 세우고 그녀에게 전화했다.

"잠깐 나오실 수 있나요? 할 얘기가 있어서요."

심각한 목소리에 그녀는 영문도 모른 채 약속 장소로 나왔고, K는 라디오에서 들었던 지구 멸망 이야기를 들려주었다고 한다.

"혼자 상상해봤어요. 내일 지구가 멸망한다면 뭘 할까 하고요. 그런데 이 말은 꼭 해야겠더라고요."

K는 그녀를 바라보며 말했다.

"당신을 좋아한다는 말을요. 이 말을 하지 않으면 정말 후회할 것 같았어요."

그녀의 얼굴에 많은 표정이 지나갔다고 한다. 잠시 후 그녀는 수줍게 웃으며 대답했다.

"만우절이라고 농담하시는 거 아니죠? 저도 좋아해요."

그녀도 K를 좋아했는데 말을 못하고 있었던 것이다. 그렇게 둘은 연인이 되었다.

나는 이 이야기를 듣고 깊은 감명을 받았다. 때마침 나 역시 중대한 결정을 내려야 할 기로에 서 있었다. 만약 내일 지구가 멸망한다면, 이번이 마지막 기회라면 어떻게 해야 할까 생각해봤더니 의외로 쉽게 결정을 내릴 수 있었다. 사람은 물러날 곳이 없을 때 가장 큰 힘을 낼 수 있는 모양이다. 배수진(背水陣)이라는 말이 달리 나온 게 아니다.

미래에 일어날 수 있는 수많은 가능성 때문에, 지금 당장 필요한 선택을 망설일 때가 있다. 그 선택이 너무 어려울 때는 내일이 내 인생의 마지막 날이라고, 더 이상 선택의 기회가 없노라고 마지노선을 그어놓고 보면 의외로 쉽게 결정을 내릴 수 있었다. 정말 내게 소중한 것은 마지막 순간에 빛을 발하기 때문이다. 용기가 필요하다면 지금이 마지막 기회라고, 내일 지구가 멸망할 것이라고 생각해보자. 마음속에 진정으로 바라는 것이 떠오를지도 모르니까.

급성 장염에 걸렸다. 장염이라는 병이 이처럼 무서운 줄 몰랐다. 사흘 동안 아무것도 먹지 못하니 세상이 노랗게 보였다. 포도당 주사를 맞고 겨우 기운을 차렸다. 닷새 정도 앓았는데 이 정도로 끝났으니 감사한 일이다. 또 가장 아팠던 날들이 주말이어서 직장에서의 민폐도 최소한으로 줄일 수 있었던 것도 다행이었다.

사람이 언제 아플지는 아무도 모르는 일이다. 만약 운 나쁘게 중요한 시험 당일에 이렇게 아팠다면 어땠을까. 일어나 앉을 힘도 없는데 그 상황에서 문제를 푼다는 것은 악몽이다. 그 시험을 위해 고통스럽게 참아왔던 수많은 시간들이 허공에서 부서지는 순간이다. 본인의 가슴은 얼마나 아플 것인가.

시험 이야기가 나오니 떠오르는 일화가 있다. 의대에 들어온 사람들에게 가장 중요한 시험이 두 개 있다. 의사 국가고시와 전문의 시험. 이 시험의 합격률은 꽤 높은 편이다. 합격률이 높으니 부담이 덜하겠다고 생각할지 모르지만, 합격률이 높다는 것은 달리 말해 '떨어지면 개망신'이라는 뜻도 된다. 조그만 실수 하나로 당락이 결정될 수 있기 때문에 의대생들은 시험을 위해 매일 밤을 새워야 했다.

나도 마찬가지였다. 집에서 독학하기에는 너무 불안해 항상 도서관에서 친구들과 새벽까지 공부했다. 잠자러 집에 갔다가 일어나면 밥 먹고 도서관에 오는 반복된 일상. 그렇게 힘들었던 세월의 결과가 단 한 번의 시험으로 결정된다니, 참으로 가혹한 일 아닌가.

시험 당일이 되니 긴장감이 대단했다. 분명히 외웠다고 생각했던 것들이 기억나지 않아 식은땀이 흘렀다. 이윽고 시험은 시작되었고 순간 아찔함을 느꼈다. 처음부터 모르는 문제가 나왔던 것이다. 일단 다음 문제로 넘어갔다. 그런데 2번 문제도 어려웠다. 머릿속이 하얘졌다.

땀을 뻘뻘 흘리며 문제를 다 푼 나는 1교시 시험 끝을 알리는 종소리에 덜컥 겁이 났다. 이러다 떨어지는 거 아냐. 친구들의 눈치를 살폈지만 별다른 이상을 느끼지 못했다. 일부러 아무렇지 않은 척 화장실로 향했다. 난 어려웠는데 다른 사람들에게는 쉬웠던 건가? 나만 못 본 건가? 화장실에 가는 사람들의 무덤덤한 표정을 보며 나는 한숨을 내쉬었다. 나 이제 어떡하지. 떨어지면 어떡하지. 그때 옆에 있던 누군가가 한마디 했다.

"야, 시험 겁나게 어렵지 않냐? 처음부터 막히던데? 나만 그랬나?"

그의 말 한마디에 사람들이 술렁이기 시작했다. 맞아. 어려웠던 거 같아. 그렇지? 그거 답이 뭐냐? 책에도 안 나오는 내용이던데. 마치 봇물 터지듯 시험이 너무 어렵다는 불평들이 쏟아졌다. 다들 포커페이스였던 것이다.

나만 어려웠던 게 아니라니 한결 마음이 편해졌다. 시험이 이어졌다. 감독관이 시험 시간이 다 돼간다는 것을 알려줬다.

"자, 10분 남았으니까 정리들 하세요."

OMR 답안지를 적을 시간이다. 하나하나 답을 확인하며 점을 찍고 있는데, 간혹 실수한 사람들이 손을 들어 답안지를 바꿔달라고 했다. 그러던 중, 누군가가 손을 들었을 때 우리는 안타까움에 신음 소리를 낼 수밖에 없었다. 시간이 4분쯤 남았을까? OMR 답안지를 바꿔도 제시간에 옮겨 쓰지 못하면 점수를 아예 못 받을 수도 있는 상황이었다. 시험 감독관도 시계를 보더니 그 학생에게 물었다.

"지금 답안지를 바꾸면 답을 다 쓸 수 없을지도 모릅니다. 그래도 바꾸시겠습니까?"

학생은 바꾸겠다고 했다. 감독관이 그에게 다가가 OMR 답안지를 넘겨주었는데, 문제가 있는 듯싶었다. 나는 이미 기입을 다한 상태라 무슨 일인가 궁금했다. 알고 보니, 시간은 없고 잘못하면 의사 국가고시에 떨어진다는 압박감이 심하다 보니 이 친구가 손을 사시나무 떨듯 덜덜덜 떨고 있었던 것이다. 너무 심하게 손을 떨어 OMR 카드의 번호에 점을 찍는 것 자체가 불가능했다. 이대로라면 백지 답안지를 낼 수밖에 없는 상황이었다. 6년 동안 고생해서 준비한 시험을 단지 긴장 때문에 손이 떨려 망치다니. 그야말로 피눈물이 날 만한 상황 아닌가. 째깍, 째깍, 시험 시간은 끝을 향해 달려가고 있었다. 다들 안타깝게 그의 손만 바라보던 그때, 감독관이 슬며시 입을 열어 우리에게 말했다.

"원칙적으로는 안 되는 일이지만……."

우리는 조용히 그의 말을 경청했다.

"지금 이 학생이 너무 긴장한 탓에 손이 떨려 답안지 작성을 할 수 없는 상태입니다."

그 안타까운 마음을 우리라고 모르는 바 아니었다. 우리는 침을 삼키며 감독관에게 집중했다.

"여러분께서 양해해주신다면, 제가 이 학생을 대신해서 이 학생이 쓴 답을 그대로 OMR 용지에 옮겨 적기만 하겠습니다. 만약 여러분 중 단 한 분이라도 반대하신다면 하지 않겠습니다. 괜찮으시겠습니까?"

"괜찮아요!"

우리는 소리쳤다. 우리의 허락을 받은 감독관은 답을 하나하나 OMR 카드에 적어나가기 시작했다. 비록 같은 시험을 보는 경쟁자였지만 손이 떨려서 답을 제대로 쓰지 못하는 그 모습이 다들 안타까웠던 것이다.

그 학생이 감독관의 도움을 받아 의사 국가고시에 합격했는지는 잘 모르겠다. 다만 그때 융통성을 발휘해 한 사람의 인생을 구하려 했던 멋진 감독관과, 그런 결정을 실행으로 옮길 수 있게 했던 수험생들의 일화는 잊을 수 없는 추억이다. 만약 감독관이 원칙만 고수했다면 학생은 6년간 쏟아부은 노력이 물거품이 되었을 것이다.

원칙주의가 강한 일본에서 생긴 에피소드를 들은 적이 있다. 2011년 3월 대규모 지진에 의한 해일로 온 마을이 물에 잠기고 1만 9000여 명이 실종되거나 사망했다. 피난민만 수십만 명이었다. 피해 지역은 부서진 건물 잔해로 쑥대밭이었고 주인을 알 수 없는 물건들이 사방에 널려 있었다. 피해 복구를 해야 하는데, 학교 운동장에 처박혀 있는 자동차를 옮기지 못해 복구가 늦어지고 있었다. 자동차 주인의 허락을 받아야 차를 옮길 수 있는데 연락이 되지 않아서 치울 수 없다는 것이었다. 그 바람에 복구가 계속 지체되었다고 한다.

그들에게 잘못은 없다. 사유물을 옮길 때엔 허락을 받아야 한다는 원칙을 지켰으니까. 하지만 긴급 상황에서 원칙만 고수해서는 안 된다. 원칙은 지키기 위해 존재하는 것이 아니다. 서로 잘 지내기 위해, 세상이 잘 돌아가기 위해 만들어진 것이 원칙이다. 사람을 위해 만들어진 원칙이 오히려 사람을 옭아매는 결과를 낳아서는 안 되지 않을까.

원칙은 중요하다. 원칙이 바로 서지 않으면 모든 것이 무너지게 된다. 하지만 그 원칙이 무엇을 위한 것인지 다시 한 번 생각해볼 필요가 있다. 시험이라는 것은 수험생이 요건을 충족시킬 만한 지식이 있는지를 가늠하는 것이지, 손 떨림이 있느냐를 구분하고자 하는 것은 아니었을 테니 말이다.

나도 원칙에 얽매여 사는 사람이었다. 나에게 피해가 돌아오지 않게 하려고 원칙을 따졌다. 그 때문에 트러블이 생기기도 했다. 돌이켜 생각해보면, 그렇게 빡빡하게 해야만 하는 일도 아니었는데 말이다.

내가 조금만 수고하면 모두 행복할 수 있는 길이 있는데, 원칙을 따지느라 서로 불행해졌던 것은 아닐까. 정말 급한 상황이라면, 조금은 탄력적으로 살아가는 것도 좋을 듯싶다. 원칙은 사람 위에 있는 것이 아니라, 사람을 위해 존재하는 것일 테니…….

지인의 어머니 이야기다. 그분께서 젊었던 시절에는 달걀이 음식상에 자주 오르지 못할 정도로 귀했다. 날달걀을 밥에 비벼 먹는 것을 좋아하셨는데, 어느 날 몸종이 상을 차려오다가 그만 달걀을 마루에 떨어뜨렸다. 문틈으로 그 광경을 목격한 어머니는 저것이 달걀을 어찌하나 몰래 지켜보았는데, 몸종은 마룻바닥에 흐른 달걀을 다시 접시에 잘 담아 상에 내왔다고 한다. 괘씸한 마음이 든 어머니는 몸종에게 물었다.

"깨끗하다는 게 무얼 말하는 것이냐?"

먼지나 잡티가 없는 것이라고 대답하면 혼을 내줄 생각이었다. 그러나 몸종은 이렇게 대답했다.

"안 보이면 깨끗한 겁니다."

몸종의 대답에 그 어머니는 크게 공감하여, '네 말이 옳다' 하고
는 용서해주었다고 한다.

원효대사 이야기가 생각난다. 동굴에서 잠을 자다가 목이 말라
바가지에 담긴 물을 마시고 갈증을 풀었는데, 아침에 일어나보니
해골에 고인 썩은 물이 아닌가. 그것을 알고 한참 동안 구역질을
했다고 한다. 아침에 해골을 보지 못했더라면 그저 시원한 물이었
으리라 생각하고 가벼운 마음으로 길을 떠나지 않았을까?

때로는 몰라야 행복한 일도 있다. 가볍게는 식당 주방이 그렇
다. 주방에서 일했던 사람들의 이야기를 듣고 있노라면 구역질이
나서 음식 먹을 마음이 사라질 때도 있다. 이왕이면 주방이 청결
하고 재료도 위생적으로 처리하는 음식점이 좋겠지만, 상황이 여
의치 않다면 아예 주방을 쳐다보지 않는 것이 낫다. 모르고 먹으
면 맛있었을 음식인데, 지저분한 주방을 보고 나면 입맛이 사라지
기 때문이다.

연인 사이도 마찬가지다. 사랑하는 이의 과거를 캐내는 것은 어
리석은 짓이다. 나를 만나기 전에 어떤 사람과 사귀었는지, 얼마나
깊은 관계였는지 궁금해 꼬치꼬치 캐묻다가는 결국 마음을 다치고
만다. 범죄를 저질렀거나 바람둥이라면 모르겠지만, 그렇지 않다
면야 과거에 누구를 만났고 어떤 사랑을 했는지 알아서 득 될 것이
없다.

우리는 호기심에 많은 것을 알려 하고, 알고 난 뒤엔 후회하곤
한다. 사실 완전히 깨끗한 사람은 없을지도 모른다. 연애를 딱 한

번 하고 결혼하는 사람도 많지 않을 테고, 아무리 깨끗이 요리해도 눈에 거슬리는 부분은 있게 마련이다. '모르는 게 약'이라는 속담은 괜히 있는 것이 아니다.

보지 않아도 될 것, 몰라도 될 것은 그냥 내버려두면 된다. 나중에 후회할 것을 알면서도 굳이 들여다보며 실망할 필요는 없지 않을까.

안 보이면 깨끗한 것이다.

착한 일을 하면 마일리지가 쌓인다

L의 어머니가 뇌출혈로 쓰러지셨다. 뇌CT 사진을 보니 한숨이 절로 나왔다. 교뇌출혈이었다. 교뇌는 뇌와 척수를 연결하는 중요한 부위인데, 이곳에 출혈이 생겨 의식이 떨어지고 사지가 마비되는 것이다. 증상이 나아질 가능성은 거의 없었다. 좋아진다고 해도 예전처럼 일상생활을 하는 것은 무리고, 그저 의식이 조금 깨어나서 사람들 알아보는 정도만 기대할 수 있었다. 시간이 흘렀지만 예상대로 상태는 호전되지 않았다.

L은 효자였다. 매일 저녁 퇴근하면 한 시간 거리에 있는 병원에 와서 어머니를 간호했다. 밤이 되면 간이침대에서 잠을 잔 다음 화장실에서 대충 씻고 다시 한 시간 걸리는 직장으로 출근했다.

그런 생활이 몇 달이나 계속됐다. 말이 쉽지 그런 생활을 몇 달씩 지속한다는 것은 괴로운 일이었을 것이다. 처음에는 안쓰러워 하던 직장 동료들도 그의 칼퇴근이 계속되면서 점점 안 좋은 시선으로 바라보기 시작했다. 그래도 L은 아랑곳하지 않았다.

입원 기간이 길어지자 병원에서는 퇴원을 종용했다. 더 좋아질 기미가 보이지 않으니 입원할 필요가 없다는 것이다. 하지만 L은 어떻게든 대학병원에 있고 싶어 했다. 돈은 얼마가 들어도 좋으니 조금이라도 좋은 치료를 받게 하고 싶었던 것이다. 어느 날, 그가 나에게 말했다.

"집을 팔까 해."

"무슨 소리야?"

"병원비가 많이 나오는데 모아놓은 돈이 없어서…… 집이라도 팔아서 병원비를 마련해야 할 것 같아. 비싼 집은 아니지만 그래도 당분간의 치료비는 되겠지. 고민을 많이 했어. 그래도 단 하나뿐인 어머니인데 이대로 포기하는 건 아닌 듯싶어. 우리야 어디 전세라도 얻어서 살면 되잖아. 지금 어머니 치료를 중단하면 평생 후회할 것 같아서."

아, 나는 입술을 깨물었다. 마음 같아서는 말리고 싶었다. 그렇게 해도 좋아지지 않으실 거라고, 계속 누워서 사실 테니까 이제 그만 어머니 생각보다 네 생각을 하며 살라고 말해주고 싶었다. 하지만 나는 아무 말도 하지 못했다. 매일 밤을 병원에서 지새우는 그에게 차마 그 말을 할 수는 없었다.

L은 집을 팔았고, 그 돈으로 당분간의 병원비는 충당할 수 있었

다. 하지만 병원의 독촉을 이겨내지 못하고 결국 어머니는 요양병원으로 옮겨졌다. 그리고 몇 달 뒤, 갑자기 호흡곤란이 일어나 허망하게 세상을 떠나셨다. 비록 고생만 하시다 떠나셨지만 아들의 지극한 효성에 맘 편히 하늘나라로 가시지 않았을까 싶다.

어머니는 떠나시면서 선물을 하나 주고 가셨다. 다름 아닌 L의 배필이다.

병간호를 하느라 바쁜 와중에 소개가 들어왔는데, L은 여자를 만날 상황이 아니라는 생각에 거절했단다. 그러나 만나보기만 하라는 말에 할 수 없이 약속 장소에 나가, 처음 만난 자리에서 어머니 이야기를 했다. 어머니께서 뇌출혈로 쓰러지셔서 매일 간병해야 하고, 그래서 지금 시간을 내기가 매우 힘든 상황이라고 다 털어놨다.

당연히 싫어할 줄 알았는데 상대방은 도리어 일요일에 어머니를 뵈러 같이 가면 안 되느냐고 묻더란다. 결국 다음 주말, 병원에서 함께 어머니 목욕을 시켜드렸고, 그런 일들을 마다하지 않는 그녀의 모습이 참 보기 좋았다고 한다. 그것이 인연이 되어 결혼식을 올리게 되었다.

L의 결혼식을 지켜보면서 나는 '착하게 살면 복을 받는구나' 하는 생각을 했다. 그의 아내가 남편에게 반한 건 어머니를 공경하고 사랑하는 마음 때문이 아니었을까. 그러기에 생을 같이할 반려자로 받아들일 수 있었을 것이다.

착하게 살아라. 오랜 옛날부터 많은 사람들이 입이 닳도록 말해 왔다. 요즘은 '착한 놈은 바보'라는 생각이 만연해 있는 것 같아 안타까울 뿐이다. 착하게 살아봤자 이용당하고 고생만 한다는 불신감이 팽배해 있다. 하지만 나는 아직도 믿음을 버리지 않고 있다. 착하게 살면 복을 받고, 죄를 지으면 벌 받는다는 것을.

"내가 아는 사람은 정말 나쁜 사람인데 떵떵거리며 잘살던데요?" 하며 불평을 늘어놓을 이가 있을 것이다. 그런 이에게는 이 글을 읽어주고 싶다.

하루 착한 일을 했다고 복이 곧 오지는 않지만 화는 저절로 멀어진다.

하루 나쁜 일을 했다고 화가 곧 오지는 않지만 복은 저절로 멀어진다.

착한 일을 하는 사람은 봄 동산의 풀처럼, 자라는 것이 보이지는 않지만 매일 자라는 것과 같다.

나쁜 일을 하는 사람은 칼을 가는 숫돌처럼, 닳아 없어지는 것이 보이지는 않지만 매일 줄어드는 것과 같다.

—동악성제, 〈수훈〉

알고 지내는 형님 한 분이 이런 말을 한 적이 있다.

"착하게 산다는 건 마일리지 적립 같은 게 아닐까?"

나는 그 말이 옳다고 생각한다. 당장 착한 일을 한다고 해서 바로 복이 오는 것은 아니다. 그러나 마일리지가 조금씩 쌓이고 쌓여 몇 달, 몇 년 후에는 공짜 커피나 비행기 티켓이 되듯, 착한 일도 쌓이다 보면 언젠가는 복이 되어 돌아올 것이라 믿는다. 그 반대도 마찬가지다. 악행을 하는 사람이 당장 벌을 받지는 않아도, 그 악한 마일리지가 쌓이고 쌓이다 보면 언젠가는 대가를 치르게 될 것이다.

착하게 살자. 그러면 복의 마일리지가 쌓인다.

살아 있다는 것만으로도 의미가 있다

대학병원에서 치료를 받고 우리 병원으로 옮겨진 아저씨가 있었다. 정상압수두증 진단 아래 뇌실복강단락술을 시행하였으나 증상이 크게 호전되지 않아 요양병원으로 오시게 된 것이다. 중심을 잡지 못해 보행은 물론 의사소통도 힘들었다. 네, 아니요 정도만 표현할 수 있었고 입으로 식사를 하기는 했으나 사레가 좀 들렸다.

보호자인 아주머니도 불안 증세가 있었다. 항상 걱정스러운 표정으로 환자 상태를 물었는데, 아무리 설명해줘도 같은 걸 물어보고 또 물어보는 바람에 의료진을 질리게 했다. 매번 올 때마다 살기 힘들다는 하소연을 해댔다.

"애 아빠가 저렇게 누워 있으니 살기가 너무 힘들어요. 집에 돈도 없는데 병원비는 계속 나가고……. 몸이 성하면 일을 해서 돈이라도 벌 텐데 내 몸도 힘들고 손자도 봐줘야 하고……."

내가 해결해줄 수 있는 문제가 아니었다. 아주머니의 끝없는 하소연을 듣다 보면 머리가 멍해지곤 했다. 말을 끊으려 해도 아주머니는 듣지 않았고 나는 결국 한 귀로 듣고 한 귀로 흘려보내야 했다.

어느덧 입원한 지 1년이 지났다. 아주머니는 여전히 병원비 낼 돈이 없다며 하소연했고, 환자는 식사할 때 사레들리는 횟수가 많아졌다. 환자의 안전을 위해 코줄을 끼워야 한다고 설명했지만 아주머니는 고개를 저었다.

"코줄을 끼우면 불쌍해서 어떻게 본데요. 그거 아프지는 않나요?"

"조금 불편하시겠죠. 하지만 코줄을 안 끼우면, 사레가 들려서 숨이 막힐 수도 있어요. 자칫하면 돌아가실 수도 있다고요."

"입으로 먹지 않으면 사는 게 무슨 의미가 있나요? 우리 애 아빠 오늘 밥 먹을 때 사레 한 번밖에 안 들렸어요. 밥이라도 먹고 살게 해주세요."

아주머니 말도 맞았다. 식사할 때 한두 번 정도 살짝 기침을 할 뿐이었다. 내가 과민 반응하는 건 아닐까. 다른 환자 같았으면 그냥 조심히 식사하시라고 했겠지만, 나의 동물적인 감각은 왠지 모르게 불안해했다. 그러던 중, 결국 사달이 났다.

"과장님! 환자가 숨을 안 쉬어요!"

식사를 하다가 잘못 넘긴 음식물이 기도를 막아버린 것이었다.

바로 뛰어 올라가보니 숨이 거의 멎은 상태다. 나는 소리를 질렀다.

"인튜베이션(intubation, 삽관)!"

아저씨의 고개를 젖히고 후두경을 입안에 밀어 넣은 뒤 혀와 턱을 들어 올렸다. 기관에 튜브를 박아 넣고 석션 튜브를 넣자 음식물이 콸콸콸 뽑혀나왔다. 앰부(ambu bag)를 짰지만 산소 포화도는 올라가지 않았다. 게다가 심장박동마저 느려지기 시작했다. 나는 또다시 소리를 질렀다.

"에피(epinephrine) 하나! 중환자실 자리 있나 확인해봐요!"

앰부를 짜며 아저씨를 중환자실로 옮겼다. 심장은 뛰고 있었으나 너무 느렸고 심전도 형태도 변해 있었다. 심장이 점점 느려졌다. 나는 아저씨의 심장을 압박했다. 몇 시간이나 사투를 벌였지만 아저씨의 의식은 회복되지 않았다. 심폐소생술을 하느라 얼굴은 땀으로 뒤범벅이 되었고 와이셔츠도 푹 젖어 있었다. 거친 숨을 쉬며 모니터를 바라보았다. 심전도의 모양도 좋지 않은 데다 점점 느려지고 있었다. 게다가 약도 듣지 않았다.

"아주머니 좀 불러주세요."

중환자실 밖에서 대기하고 있던 아주머니가 들어왔다. 이제 마지막 말을 전해야 할 때다.

"저희가 아저씨 심장을 살려보려고 노력해봤지만, 현재로서는 가능성이 없어 보입니다."

아주머니는 눈물을 글썽이며 아저씨를 바라보았다. 심장이 점점 느려졌다. 조만간 사망 선고를 해야 할 것이다. 심장이 멈추기를 기다리면서, 안타까운 마음도 있었지만 무의식중에 해서는 안 될 생각을 했던 것 같다.

'아저씨가 돌아가시면 아주머니도 이제 좀 편해지시겠지. 돈도 없으신 데다 손자들 데리고 병원 왔다 갔다 하시는 게 만만한 일은 아니니까. 이제 자주 병원에 오지 않아도 되고, 병원비 걱정 안 해도 되고……. 손자들 키우는 것도 수월하겠지. 그래, 산 사람은 살아야지.'

오래 앓던 환자가 임종하면 슬퍼하기보다 한시름 덜었다는 표정을 짓던 다른 보호자들을 떠올렸던 것이다. 아저씨의 심장이 멈췄고 나는 시간을 확인했다.

"운명하셨습니다."

나는 사망 선고를 하면서 아주머니의 남은 생이 힘들지 않게 될 것을 기대하고 있었다. 그때였다. 갑자기 아주머니가 울음을 터뜨렸다.

"아이고! 어떡해! 여보! 당신이 죽으면 난 어떻게 살라고!"

피 토하듯 통곡하는 아주머니를 보고는 순간 머릿속이 텅 빈 것 같았다. 이건 뭐지? 내가 예상했던 반응이 아니었다. 예사로운 울음이 아니라 말 그대로 가슴에서 끓어오르는 절절한 통곡이었다. 남편을 잃은 슬픔과 괴로움에 뿜어나오는 울음소리였다. 이런 울음을 본 것이 얼마 만이던가. 나는 순간 창피함에 어디론가 숨고 싶었다. 가족이 죽은 것이다. 남편이 죽은 것이다. 얼마나 소중한 사람이었겠는가. 아저씨를 아주머니 인생의 짐짝처럼 여겼던 내가 너무나 죄스럽고 미안했다.

아, 잠시나마 해서는 안 될 생각을 했던 내가 한스러웠다. 죄책감 때문에 더 이상 그 자리에 있을 수가 없어 서둘러 차트를 정리하고 중환자실을 나섰다. 심장이 벌렁벌렁거렸다. 가족들이 환자를 짐으로 생각한다며 투덜거렸는데, 나 역시 그를 짐으로 여겼던 것은 아닐까. 진료실로 돌아와서도 나는 한참 동안 머리를 싸맬 수밖에 없었다.

아저씨가 돌아가시고 2주 정도 지난 뒤, 아주머니가 외래에 오셨다. 수척해진 얼굴을 하고, 등에는 손자를 업고 있었다.

"선생님 잘 지내셨지요?"

"네. 어떻게…… 장례는 잘 치르셨어요?"

"네. 그동안 선생님께서 신경 많이 써주셔서 고마웠어요."

외래엔 어쩐 일이시냐고 물었더니 요즘 도통 밥맛이 없고 기력도 의욕도 없다는 것이다. 진료를 마친 아주머니가 일어서면서 나에게 말했다.

"예전에는 힘들어도 애들 아빠 보며 견뎠는데 이젠 그럴 수도 없어서…… 참 힘드네요."

가슴을 후벼 파는 것만 같았다. 숨이 턱 막혀 아무 말도 못하는데, 아주머니는 '수고하세요' 하며 진료실을 나섰다.

비록 혼자 식사하기도 힘들고 침상에 누워 살 수밖에 없는 분이었지만, 아저씨는 아주머니에게 존재만으로 빛이 되는 사람이었다. 아저씨는 아주머니에게 해줄 것이 아무것도 없었다. 오히려 폐만 끼쳤는데, 그런 남편을 보며 아주머니는 기운을 냈던 것이다. 그저 힘들 때 손잡아줄 사람이 있다는 것만으로도, 마음으로 기댈 사람이 있다는 것만으로도 아저씨는 아주머니에게 든직한 사람이었다.

"사람은 살아 있다는 것만으로도 의미가 있는 거야."

레지던트 때 교수님께서 하셨던 말씀이다. 이걸 말씀하시고 싶으셨던 것일까. 살아 있다는 것, 존재한다는 것만으로도 사람은 힘이 된다는 것을 전해주고 싶었던 것일까.

앞으로 살아갈 날이 얼마 남지 않은 노인이라 해도, 힘이 없어 자신의 몸 하나 가누지 못하는 환자라 해도 인간으로서의 권리와 존엄성이 있다. 때문에 우리는 그들을 보살펴야 하는 것이다. 언뜻 보기에는 힘없고 사리 판단 못하고 짐스러운 사람일지라도 예전에는 누군가의 버팀목이 되어주었던 사람이고, 지금도 누군가의 소중한 사람이기 때문이다.

친한 선배의 시어머니 이야기다. 설날 연휴를 보내고 있을 때 시어머니께서 갑자기 한 상 차려 내오라는 말씀을 하셨다. 귀한 손님이라도 오시려는 걸까. 식혜, 전, 잡채 등등을 푸짐하게 내왔더니, 현관문을 열고 들어온 사람은 다름 아닌 아파트 단지를 청소하는 아주머니였다. 꾀죄죄한 옷을 입고 머뭇거리는 청소부 아주머니를, 명절인데 맛있는 음식 좀 드시고 몸 좀 녹이시라며 시어머니는 반갑게 맞아들이셨다.

그 광경을 지켜보던 보모 아주머니가 안 좋은 내색을 했다. 아기가 있는데 먼지투성이인 분이 왔다 갔다 하면 혹시 세균이라도 옮을까 걱정되었던 모양이다. 손가락 하나라도 닿을까 노심초사하는 모습이 시어머니 보기엔 영 마음에 들지 않았나 보다. 청소부 아주머니가 맛있게 음식을 들고 간 후, 시어머니는 따끔하게 한 말씀 하셨다.

"사람 위에 사람 없고, 사람 밑에 사람 없는 법일세. 나도 자식들이 잘되지 않았으면 저렇게 청소하며 지낼 수도 있고, 박스 주우러 다녔을지도 모르는 일 아닌가. 그런 눈으로 쳐다보지 말게."

그제야 보모는 자신의 생각이 짧았음을 깨닫고 시어머니께 사과했다고 한다. 참으로 생각이 깊고 남의 처지를 잘 이해해주시는 분이라는 생각이 든다.

문득 떠오르는 사람이 있다. 초등학교 친구인데 지금은 연락이 끊겨 어떻게 지내는지도 모른다. 내가 녀석을 잊지 못하는 이유는, 우리 집과는 비교가 안 될 정도로 부자였기 때문이다. 침대가 낯설던 시절, 그의 이층집에서 침대라는 걸 처음 봤다. 당시 나는 100원짜리 플라모델 살 돈도 없어 매번 구멍가게 앞에서 군침만 흘렸는데, 그 집에는 몇천 원짜리 보물섬 세트와 레고들이 잔뜩 쌓여 있었다. 항상 좋은 옷을 입고 다니던 친구는 부러움의 대상이었다. 어느 날 저녁, 친구 아버지가 퇴근하신 후 안방에서 수표와 돈뭉치를 세는 모습을 보고는 '우리와는 다른 세상에서 사는 사람들이구나' 하는 생각도 했다.

그렇게 잘나가던 친구네 공장이 갑자기 부도 위기에 빠졌다는 사실은 내게 또 다른 충격이었다. 자금 회전이 좋지 못했던 것 같다. 친구의 어머니는 여기저기 손을 벌렸고, 넉넉하지 못한 집안이었지만 우리 어머니도 한 달 치 월급에 달하는 돈을 빌려주었다.

그 후 공장은 부도가 났고 친구네는 야반도주했다.

없는 살림에 한 달 치 월급까지 날렸으니, 어머니는 속이 타들어가는 것 같았다. 겨우겨우 수소문해서 집까지 쫓아갔다. 그런데 막상 찾아가보니 한숨이 절로 나오셨단다. 친구의 집을 어머니께서는 이렇게 표현하셨다.

"하늘이 보이는 집에서 살더라."

삐까뻔쩍한 이층집에 살던 친구가 하늘이 보이는 집에서 살고 있더란다. 파란 하늘이 보이는 멋진 집이 아니라, 좁아터지고 지붕에 구멍이 뚫려 있는 그런 폐허 같은 집에서.

꼭 갚을 테니 조금만 기다려달라는 말에 어머니는 힘없이 돌아설 수밖에 없었다. 도저히 빚을 갚으라는 말을 할 수가 없었던 것이다. 결국 그 돈은 돌려받지 못했고, 이후 친구네 집과는 연락이 끊겨버렸다.

새옹지마(塞翁之馬)라는 말이 있다. 살아가면서 깨닫게 되는 것인데, 잘나가던 사람도 망하는 건 순식간이고, 못살던 사람이 횡재하는 것도 한순간이었다. 수십, 수백억의 자산을 가지고 있던 사람도 사기 한 방에 무너져 신용 불량자가 되고, 그저 농사나 짓던 사람인데 도로가 뚫리고 아파트가 들어서면서 땅 부자가 된 경우도 있었다. 인생이 잘 풀린 경우라면 좋겠지만, 떵떵거리며 살다가 순식간에 나락으로 떨어진 사람이라면 그 괴로움은 말로 표현하기 힘들 것이다.

나는 힘들 때마다 눈을 감고 하늘이 보이는 집을 상상한다. 천장

에 뚫린 구멍 사이로 보이는 잿빛 하늘을 떠올리면 지금 내가 처해
있는 고난도 별것 아니라는 생각이 들고, 아직은 내가 남을 도와주
며 살 수 있다는 데 힘이 난다. 베풀 수 있을 때 베풀어야겠다. 아
무리 움켜쥐고 있어도 손가락 사이로 흘러나가는 것이 인생일지도
모르니까.

이런 싸가지 없는 것들이

얼마 전 산부인과 진료 때 학생이나 전공의의 참관이 문제 된 적이 있다. 진료를 받은 환자 중 일부가 수치심을 느꼈기 때문에 인권 차원에서 환자의 동의 없이는 참관을 불허해야 한다는 주장이었다. 어찌 보면 당연한 주장이지만, 동료 의사들의 반응은 시큰둥했다.

"그러면 의대생들은 산부인과 실습을 어떻게 하라는 거지?"

산부인과에 관한 현장 경험 없이 의사가 된 학생들이 급히 아기를 받아야 되는 응급 상황에 맞닥뜨린다면 경험 부족으로 손을 쓸 수 없을 테니 결국 피해를 보는 것은 환자가 아닌가 하는 논리였다. 산모들이 의대생들의 교육을 위해 배려해야 한다고 생각했던 것이다.

이런 논리의 배후에는 또 다른 이유가 있다. 처음에는 진료 받으러 온 여성의 은밀한 부분을 여과 없이 바라보는 것이 낯설고 당황스럽지만, 며칠 지나면 아무런 감흥이 없어진다. 그야말로 '감추고 싶은 은밀한 부위'가 아니라 '치료 대상'으로 인식이 바뀌는 순간이다.

어디 그뿐인가. 남자에게 흔히 소변줄이라 부르는 폴리 카테터(foley catheter)를 삽입하는 것도 의사가 하는 일 중 하나다. 상상해보시라. 여자 의사가 남성의 페니스를 붙잡고 젤리를 바른 뒤 그 안으로 튜브를 집어넣는 장면을. 의사이기 때문에, 치료를 위한 과정 중 하나이기 때문에 의사는 아무런 불평 없이 낯선 남자의 페니스를 붙잡고 튜브를 밀어 넣는 것이다. 이 과정에서 성적인 광경을 떠올린다면 난센스다. 그렇기에 산부인과 진료를 받으러 온 환자들의 진료에 참관하는 것 또한 전혀 문제 될 게 없다고 생각했던 것이다.

그런데 바꿔 생각해보면, 꼭 그렇지만도 않다. 환자야 그런 의사의 입장을 알 턱이 없다. 남에게는 절대 보여주고 싶지 않은 곳을 의사라는 이유만으로 여기저기 살펴보며 저희들끼리 뭐라 뭐라 중얼대고 있다면 수치심을 느끼는 것도 이해된다. 서로 입장이 다른 것이다.

의대생 시절뿐만 아니라, 전문의 자격증을 딸 때까지도 나는 환자의 수치심을 잘 이해하지 못했다. 수많은 환자를 겪으면서 환자의 몸은 더 이상 성적인 의미를 갖지 못했다. 여자의 브래지어는 심전도 찍는 것을 방해하는 물건 이상의 의미밖에 없었고, 중환자실 환자들의 사타구니에서 동맥혈을 뽑아내면서 어쩔 수 없이 스쳐볼 수밖에 없는 주요 부위는 나에게 아무 감흥도 주지 못했다. 어디 그뿐인가. 외과 수련을 받으면서 아예 배 속 내장까지 훤히 들여다보는 의사에게 환자의 벗은 몸은 일말의 감정 변화도 일으키지 않았다.

그러던 내가 환자의 수치심을 이해하게 된 것은 바로 요양병원에서였다. 요양병원에는 거동을 못하고 누워 지내는 분들이 많다. 어쩔 수 없이 대소변은 기저귀로 받아내야 한다. 회진을 돌다 보면 마침 용변을 본 환자와 마주치는 경우가 있는데, 이럴 땐 간병인이 기저귀 치우던 것을 잠시 멈춘다. 냄새도 그렇고 대변이라는 것이 굳이 남에게 보여서 기분 좋은 게 아니기 때문이다.

그런데 하필이면 대변을 다 치운 후 이제 막 새로운 기저귀를 채우려고 환자가 무방비 상태일 때 병실에 들어서는 경우가 있었다. 병실에 들어서면서 나는 여자 환자의 기저귀가 벗겨져 주요 부위가 드러나 있는 것을 알았다. 하지만 개의치 않았다. 나는 의사이고 환자의 어느 부위든 치료 대상으로 바라볼 준비가 되어 있기 때문이었다. 태연히 걸어 들어가는데 간병인이 화들짝 놀라며 이불로 환자를 덮었다.

"아이고, 이를 어째!"

그때의 기분이 참 묘했다. 흔히 말하는 잠재적 범죄자 취급을 당한 느낌이랄까. 나는 전혀 의식하지 못하고 있었는데 계단을 앞서 올라가던 여자가 뒤를 흘금거리며 핸드백으로 엉덩이 치마 부위를 가릴 때 느끼는 불쾌감 같은 것이었다. 지하철에 앉아 멍하니 있는데 맞은편 자리에 앉은 여자가 갑자기 짜증 나는 표정으로 나를 흘겨보며 다리를 오므리고 치맛단을 매만지는 그런 상황이랄까.

처음에는 그냥 넘어갔는데 그런 일이 몇 번 더 있자 짜증이 났다. 도대체 나를 어찌 보고 이런 대접을 하는 걸까. 내가 할머니들의 벗은 몸을 흘금거리며 좋아할 사람으로 보인단 말인가.

"저, 의사입니다. 할머니들 벗은 거 봐도 아무 감정 없으니 그러지 마십시오. 불쾌합니다."

이 말이 목구멍까지 올라왔다.

내 생각이 틀렸다는 걸 깨닫는 데는 그리 오랜 시간이 걸리지 않았다. 할머니 한 분이 입원하셨는데, 걷기는 힘들지만 휠체어는 타실 수 있고 말씀도 잘하시는 분이었다. 회진을 도는데 간호사가 말했다.

"할머니 겨드랑이랑 가슴에 뭐가 났네요."

"그래요?"

피부 문제가 있다기에 나는 확인하려 했다.

"잠깐만요, 할머니."

간호사가 할머니의 상의를 들어 올렸고 간병인도 아무 생각 없이 할머니의 겨드랑이를 들췄다. 할머니의 가슴이 드러났고 내가 피부 병변을 자세히 보기 위해 다가가는 순간, 벼락 치듯 고함이 들려왔다.

"이게 뭣 하는 짓이여! 이런 싸가지 없는 것들이! 얼른 내리지 못혀?"

할머니가 고래고래 소리를 질렀다. 난데없는 고함에 다들 깜짝 놀라 한 발짝 물러났다. 할머니는 욕을 해대며 마구 화를 냈다. 그제야 퍼뜩 정신이 들었다. 아, 내가 무례했구나. 아무리 환자라 해도 함부로 대해선 안 되는 거였구나. 나는 황급히 사과드렸다. 할머니는 그래도 분이 풀리지 않는 모양이었다. 할머니가 이런데 젊은 여자라고 다를 게 있을까. 환자의 수치심을 이해하게 된 순간이었다.

그 후 나는 기저귀를 갈고 있는 환자가 보이면 간병인이 가릴 때까지 기다리거나 다른 환자를 먼저 회진했다. 보는 사람의 마음만 중요한 것이 아니라 보임을 당하는 사람의 심정도 중요하다는 걸 깨달았기 때문이다. 서로를 배려하고 서로의 입장을 존중하는 것, 그것이 세상을 좀 더 평화롭고 행복하게 만드는 힘이 아닐까.

부족하면 부족한 대로

의사수필가협회 모임에 갔다가 에너지 드링크 한 박스를 품에 안고 왔다. 한 선생님께서 아드님이 개발한 거라며 주신 것이다. 해야 할 일은 많은데 피곤해 졸음이 살살 올 때 한 캔 마셨더니, 과연 눈에 생기가 돌면서 기운이 났다. 덕분에 무사히 일을 마칠 수 있었다.

나는 사람에게 각자의 '에너지'가 있다고 믿는다. 다른 말로는 아우라(aura) 혹은 기운이라고도 표현할 수 있겠다. 항상 밝은 기운이 넘치는 사람이 있는가 하면, 어딘지 모르게 우울하고 어두운 분위기가 흐르는 이도 있다. 에너지가 넘치는 사람은 매사에 정열적이고 지칠 줄 모르지만, 에너지가 부족한 사람은 조금 움직이는 것만으로도 힘겨워한다.

나는 에너지가 궁핍한 사람이다. 내가 의사로서 진료하는 일 외에 글쓰기라든가 블로그 운영이라든가 스노보드 같은 것을 꾸준히 하는 모습을 보며, 사람들은 내게 에너지가 넘친다고 생각한다. 하지만 나는 쉽게 피로해지고, 금세 지치는 타입이다. 이 부족한 에너지에도 잘 살아가는 이유는, 그만큼 많이 쉬기 때문이다. 시쳇말로 '멍 때리는' 일이 많다.

아내는 나를 만날 때 '조금 이상한 사람이 아닐까?' 하는 생각을 자주 했다고 한다. 커피를 마시다가도, 길을 걷다가도 가끔 혼이 나가버린 사람처럼 허공을 바라보며 멍하니 있곤 한다는 것이다. 듣고 보니 그런 것도 같다.

아내와 나는 '쉰다'는 개념도 서로 다르다. 아내가 말하는 '쉰다'는 영화를 보거나, TV를 보거나, 산책을 하고 드라이브하는 것을 말한다. 반면 나의 '쉰다'는 말 그대로 아무것도 안 하고 쉬는 것이다. 하루 종일 침대나 소파에 누워 멍하니 뒹구는 것이야말로 진정한 '쉼'이라 생각하는 것이다. 결혼 초반, '이번 주말에는 푹 쉬자!'라고 아내와 약속한 후 방 안을 뒹굴다가 말다툼을 한 적이 있다. 아내에게 있어 나의 쉼은 빈둥거림일 뿐이었다.

내가 이렇게 극단적인 휴식을 취하는 것은, 곰곰이 생각해볼 때 나 나름대로 살아남기 위한 몸부림이 아닐까 싶다. 에너지는 부족한데 하고 싶은 일은 많고, 그걸 다 하면 에너지가 바닥나게 생겼으니 쉴 때 푹 쉬면서 에너지를 보충하는 것이다.

가끔 에너지 넘치는 사람들이 부럽다. 소파에 축 늘어져 있지 않아도 기운이 펄펄 넘친다면 나는 좀 더 재미난 삶을 살아가고 있지 않을까 하는 볼멘소리도 하고 싶다. 하지만 어쩌겠는가. 에너지 창고가 부족한 채로 태어났으니 아껴 쓰며 살아가는 수밖에.

인간은 평등하다지만 그것은 권리와 의무가 평등하다는 말이지, 모든 조건이 같아야 한다는 뜻은 아니다. 왜 나는 머리가 나쁠까, 왜 나는 가난할까…… 불평한다고 해서 해결될 것은 없다. 그저 할 수 있는 데까지 노력하고, 그래도 안 되면 내가 가진 것을 잘 쪼개가며 살아가야 하는 것이다. 모든 것을 다 가질 수는 없을 테니까.

법상스님의 《날마다 새롭게 일어나라》에는 이런 글귀가 있다.

없는 것을 만들려고 애쓰고, 부족한 것을 채우려고 애쓰고, 불편한 것을 못 참아 애쓰고 살지만, 때로는 없으면 없는 대로 부족하면 부족한 대로 또 불편하면 불편한 대로 사는 것이 참 좋을 때가 있습니다.

고개가 끄덕여지는 말이다. 부족한 것을 채울 수 있다면 좋겠지만, 그렇게 애쓰며 사는 것보다 부족함을 인정하고 부족한 대로 잘 사는 것이 어쩌면 더 마음 편한 일이 아닐까.

나는 여전히 쉴 때 아무것도 하지 않는다. 그러다 보니 인간관계가 소원해지고, 간혹 오해를 사기도 한다. 안타깝지만 이해해주리라 믿는다. 가난한 에너지로 알뜰살뜰 살려는 어쩔 수 없는 선택이니까.

이사를 하며 책을 정리하다 1990년대 중반에 유행했던 장르 소설책들을 찾아냈다. 책장 구석에 꽂힌 채 한동안 잊혀 있었다. 먼지 쌓인 책을 탈탈 털어 몇 장 넘겨보니, PC통신 시절이 떠올랐다. 파란 바탕에 글자만 있는 투박한 화면이었지만 정겨운 시절이었다. 문득, 이 소설의 작가는 지금 뭘 하고 있을까 궁금해졌다. 내 책장에는 이영도 작가의 책들이 빼곡히 꽂혀 있다. 하지만 다른 작가들의 책은 거의 없다. 그들은 모두 어디로 사라진 걸까.

내가 글쓰기에 빠져 있던 20대 시절, 하이텔에서는 《퇴마록》이라는 듣도 보도 못한 새로운 장르의 소설이 전국을 강타하고 있었다. 판타지 소설의 서막을 연 작가들도 많았다. 《드래곤 라자》나 《하얀 로냐프강》은 많은 사람들의 사랑을 받으며 연재됐고, 그들의 소설을 읽으며 나도 '빠른 성공'에 목말라했다. 하루라도 빨리 좋은 소설을 써서 인기 작가의 대열에 끼고 싶었다.

하지만 기회는 오지 않았다. 내가 쓴 소설은 사람들의 주목을 받지 못했고, 몇 번의 출판 기회도 놓쳐버렸다. 나는 무척 아쉬워했었다.

서른 중반이 되어서야 수필계에 등단했다. 이미 글을 쓰기에는 나이를 너무 많이 먹은 것 같았다. 그런 이유로 의사수필가협회 가입을 권유받았을 때에도 망설였었다. 이제 와서 글을 쓰면 뭐하나. 좋은 글을 쓰기엔 너무 늦어버린 게 아닐까. 의사수필가협회 정기 총회에도 가입하고 나서 한참 만에 나갔다.

한데 모임에 가보니 놀랍게도 내가 막내였다. 나이 차도 스무 살이 훨씬 넘는 분들이 많았다. 협회에선 '젊은 피'가 수혈되었다며 즐거워하셨고, 얼떨떨해하던 나는 점점 그분들과 친해지게 되었다. 회원 중에는 수필집을 출간했거나 문학상을 받은 분들이 많았고, 나는 책 한 권 내지 못한 스스로를 자책하곤 했다. 그럴 때면 협회 고문이던 오 선생님께서 진심 어린 조언을 해주셨다.

"권 선생은 아직 나이도 젊고 남은 시간도 많은데 뭘 그리 조급해하시오? 나는 오히려 권 선생이 너무 일찍 성공할까 봐 그게 걱정인데."

돌이켜보면 맞는 말씀이셨다. 내가 20대였을 때 잘나가던 사람들 중에서 지금도 창작 활동을 열심히 하거나 전작을 뛰어넘는 글을 쓰는 사람은 거의 없다. 너무 젊은 나이의 성공 때문일까. 후속

작이 기대에 못 미치자 사람들은 등을 돌렸고, 그들의 글은 더 이상 읽을 수가 없었다.

오히려 그렇게 큰 성공을 하지 못했더라면 차근차근 글쓰기를 연마하며 더 멋진 소설을 만들어낼 수 있지 않았을까. 좀 더 생명력이 긴 작가가 되었을지도 모른다.

다른 분야도 마찬가지다. 어린 나이에 쇼핑몰을 운영해 수억을 벌어들인 한 청년은, 흥청망청 돈을 쓰다가 쇼핑몰이 망해 거리에 나앉을 처지가 됐다. 한때 잘나가던 연예인 가운데 넘쳐나는 돈을 주체하지 못해 도박에 손을 댔다가 큰 화를 입은 이도 많다. 아직 인격적으로 성숙하지 못한 시기에 큰 성공을 이룬 탓이 크다.

성공을 조바심 내는 사람들이 있다. 많은 기업가들이 20대에 화려한 성공담을 만들었던 영향일까. 20대에 뭔가를 이뤄내지 않으면 안 된다고 조급해하는 사람들이 꽤 있다. 나 역시 그랬다. 하지만 돌이켜보니, 아직 남아 있는 시간은 충분했고 경험과 지식이 쌓이면서 더 좋은 글을 쓸 기회가 많았다.

군대에서 전해오는 명언 중 이런 말이 있다고 한다.

시간이 없기 때문에 서두르는 게 아니라, 서두르기 때문에 시간이 없는 것이다.

삶 또한 마찬가지다. 젊을 때 기회가 찾아오는 사람도 있고, 나이 들어 운이 틔는 사람도 있다. 무작정 서두르다 보면 그 서두름에 쫓겨 일을 망치게 된다.

아직 내 인생의 운이 찾아오지 않았다고 서러워하지는 말자. 운이라는 건 언제 좋아질지 모르는 것이고, 노력하다 보면 기회가 찾아올 것이다. 빨리 성공을 이루는 사람이 있다면 그저 축하해주면 된다. 부러워할 필요도 없고 시기할 필요도 없다. 천천히 걷는 걸음이 더 단단할 테니까. 인생은 길고 기회는 돌아오게 마련이니까.

"먹고 죽을 약 좀 주시우."

책상 너머에서 한숨처럼 흘러드는 목소리. 외래 차트에 바쁘게 글씨를 써나가던 나는 잠시 손을 멈추고 고개를 들어 내 앞에 앉아 있는 할머니의 눈을 바라보았다. 조금은 흐려 보이는 눈동자와의 말 없는 교차.

이윽고 할머니의 말씀이 흔히 말하는 '늙으면 죽어야지' 하는 의미가 아님을 깨달은 나는 '특이 사항 없음'으로 적었던 외래 차트에 줄을 직직 긋고 볼펜을 내려놓았다. 두 손을 모아 깍지 낀 후 할머니를 물끄러미 바라봤다. 창문에서 스며든 봄날의 햇살이 어른거리는 오후였다.

"그런 약은 없어요, 할머니. 뭐에 쓰시게요?"

"뭐에 쓰긴, 죽을라고 그러지요."

"갑자기 죽긴 왜 죽어요. 지금까지 아무 일 없이 치료 잘 받아오시고는."

나의 핀잔에 할머니는 손사래 치며 고개를 저었다.

"사는 게 사는 게 아니여. 늙으면 곱게 죽어야 하는데 그러질 못하고 풍이나 맞아 이 모양을 하고 앉았으니, 아들 내외 볼 면목도 없고…… 그래서 부탁인데 말이여, 먹고 죽는 약 좀 주시우. 그냥 해까닥 쉽게 가버리는 약으로."

"그런 약은 없다니까요."

나는 딱 잡아떼며 할머니의 시선을 피해 모니터를 보고 클릭하는 척했다. 그 와중에도 할머니는 넋두리처럼 죽어야지, 죽어야지 하고 되뇌셨다.

뇌졸중으로 편마비가 생겨 입원하신 할머니는 증상이 그리 심하지 않아 곧 퇴원하셨고, 그 후 외래에서 정기적으로 검사를 하며 투약을 받으셨다. 지금까지 약도 잘 드셔서 별걱정을 하지 않았는데 오늘은 뜬금없이 죽는 약을 달라는 것이다. 할머니는 책상 너머에서 몸을 바짝 기울여 간호사가 듣지 못하도록 소곤소곤 말을 잇기 시작했다.

"이러구 살면 뭐혀. 안 그러우? 그러니까, 내가 아무한테도 말 안 할 테니까 부탁 좀 헐게."

"할머니, 아무리 부탁하셔도 그런 약은 없다니까요."

한참 동안 나와 실랑이하던 할머니는 주머니에 손을 넣어 뭔가를 꺼내더니 주위 눈치를 보며 내 손에 쥐여주셨다. 반듯하게 접힌 만원짜리 지폐였다.

"내가 가난해서 이것밖에 드릴 게 없어. 그러니까 잘 좀 해줘요. 응? 그냥 한 방에 죽을 수 있는 걸로."

"할머니, 이러시면 안 됩니다."

나는 당황해서 할머니에게 돈을 넘겨주었지만, 할머니는 자리에서 일어나 던지듯이 지폐를 내 자리에 놓고는 황급히 진료실을 나섰다. 부탁한다고, 좋은 약 좀 달라며 종종걸음 치는 할머니. 나는 벌떡 일어나 할머니를 제지하려 했지만 다른 환자들이 보고 있는데 돈 가져가시라고 소리칠 수도 없고, 그렇다고 말없이 받을 수도 없는 상황이었다. 우물쭈물하는 사이에 할머니는 진료실을 나가버렸고, 나는 밀려드는 환자 때문에 더 이상 할머니에게 신경을 쓸 수가 없었다.

몇 시간 동안 정신없이 환자들을 보고 겨우 숨을 돌리는데 책상 위에 곱게 접힌 만원짜리 한 장이 눈에 들어왔다. 나는 자리에서 일어나 창문을 열고 밖을 바라보았다. 바삐 움직이는 사람들. 시끄러운 자동차 소리. 이유를 알 수 없는 언쟁들. 힘겨운 표정. 어디선가 들려오는 울음소리.

뇌졸중을 앓는 환자들은 쉽게 우울증에 빠진다. 자신이 그런 지경에 이르렀다는 상황을 납득할 수도 받아들일 수도 없기 때문이다. 게다가 자식들에게 짐이 되지는 않을지, 병원비며 치료비가 많이 들지는 않을지 걱정이 태산이다. 세상에 믿지 못할 거짓말 중

하나가 '늙으면 죽어야지'라는데, 사실 그 말이 모두 거짓은 아니다. 남에게 폐가 되느니 죽는 게 나을 텐데, 차마 죽을 수가 없으니 정말 미안하다는 사과의 뜻이리라.

누구나 한번쯤은 죽음을 떠올린다. 친구들의 괴롭힘을 당한 후 골방에 쭈그리고 앉아서, 사랑하는 사람에게 버림받고 쓰디쓴 소주와 함께 눈물을 흘리며, 상사의 꾸지람과 주변 사람들의 무시 담긴 눈총을 받고 자신의 무능함을 통감하며, 집 안에 돈 될 것은 하나도 없는데 보증 때문에 빚더미에 앉게 되었을 때, 교통사고로 더 이상 걸을 수 없게 됐을 때…… 위태위태하게 잡고 있던 삶의 밧줄을 놓아버리고 싶은 충동이 온몸에 사무칠 때가 있다. 하지만 또 그렇게 하지 못하는 것이 우리네 인생 아닌가.

나는 창가에 기대서서 한참 동안 그 지폐를 응시할 뿐 지갑에 넣을 생각을 하지 못했다. 뭐랄까, 이 지폐를 내 지갑에 넣는 순간 할머니와 나 사이에 모종의 계약이 성립될 것만 같은 느낌이었다. 찝찝하고 불쾌한 느낌이 지폐 주위를 감돌았다. 죽음 값 만원. 할머니가 내게 던지고 간 죽음에 대한 대금은 꽤나 내 신경을 날카롭게 만들었다. 쓰레기통에 버리면 마음 편하겠지만 그럴 수도 없는 일이다.

물론 난 할머니가 원하신 대로 좋은 약, 즉 뇌졸중에 아주아주 좋은 약을 드렸지만, 2주 후에 할머니가 오셔서 나의 처방에 화를 내시지는 않을지 혹은 병원에 나오지 않는 불상사가 생기지는 않을지 걱정이 많았다. 항우울제를 조금 드리는 게 낫지 않았을까.

이런저런 생각에 시간이 어떻게 지나갔는지도 몰랐다. 결국 나는 그 만원을 책상 서랍에 넣어둔 채 지냈다. 단돈 만원일지라도 내게는 너무나 크게 느껴지는 부담이었기에.

다행히 할머니는 2주 후에 천연덕스러운 얼굴로 나타나 나로 하여금 안도의 숨을 내쉬게 했다. 혈액응고검사(INR) 수치도 만족스러워 약도 잘 드신 것 같았다. 이런 일이라면 거짓말도 좋고, 양치기 소년도 좋다.

삶의 무게는 평소에는 공기처럼 가벼워 좀처럼 느껴지지 않다가도 아주 작은 계기만 있어도 천근만근 어깨를 짓누르곤 한다. 보통 사람들도 그런데 하물며 뇌졸중 같은 큰 병을 앓는 분들의 마음은 어떻겠는가. 의사라는 직업상 심각한 질환과 증상에만 관심을 갖다 보면 세세한 마음속 상처들을 무심코 지나치다가 예기치 못한 비극을 맞기도 한다. 할머니 얼굴을 다시 보니 혹시 내가 놓치고 있는 보이지 않는 문제들이 있는 것은 아닌가 하는 생각이 새록새록 돋아난다. 의사는 신이 아니기에 환자의 모든 문제를 해결해줄 수는 없다. 하지만 인간적인 관심을 갖는 것만으로도 많은 것들을 풀어낼 수 있으리라.

결국 그 만원짜리는 내 주머니 안에서 며칠간 숨어 있다가 어느 식당 카운터에서 불우이웃돕기 성금용 돼지 저금통에 들어가고 말았다. 할머니의 아픔이, 죽고 싶어도 차마 죽지 못하는 슬픔이 자꾸만 전해지는 것 같아 도저히 쓸 수가 없었다. 동전들이 수북한 돼지 저금통에 만원짜리 지폐를 집어넣자 친구가 왜 그렇게 큰돈을 넣느냐고 물었다. 나는 싱긋 웃으며 대답했다.

"죽음 값이야. 하지만 이젠 필요 없어."

뭔 헛소리냐는 듯한 친구의 표정에 나는 유쾌한 웃음을 터뜨리고 말았다. 바람이 상쾌한 저녁이었다.

10대 남자에게 여자를 소개시켜준다고 하면 이렇게 묻는다고
한다.

"예쁘냐?"

20대 남자에게 여자를 소개시켜줄 때도 이렇게 묻는다고 한다.

"예쁘냐?"

30대, 40대, 50대 남자에게 여자를 소개시켜줄 때도…….

"예쁘냐?"

이 이야기를 들은 여자들은, 남자는 왜 여자의 외모만 보느냐고
분개한다. 남자는 다 속물이라고 난리를 치지만, 정작 몇 시간씩
화장하고 예쁜 옷을 고르는 걸 보면 본인들도 남자에게 예쁘게 보

이고 싶은 마음이 있는 모양이다. 어쩌면 상대방에게 멋진 외모를 바라는 것은 당연한 일일지도 모른다.

하지만 결혼한 사람들이나, 자식을 결혼시키려는 부모들은 한사코 외모를 따지지 말라고 충고한다. 어차피 외모는 얼마 안 간다면서 말이다. 아는 분의 어머니는 이렇게 잔소리를 했단다.

"얼굴 파먹고 살 것도 아닌데, 그냥 성격 좋은 사람 찾아서 결혼해! 어차피 예쁜 건 3년밖에 안 가!"

그분은 이렇게 대답했단다.

"전 그 3년이라도 예쁜 여자랑 행복하게 살래요!"

'예쁜 건 3년 가지만, 못생긴 건 평생 간다'고 덧붙이는 그분의 말씀에 나는 웃음을 터뜨렸다. 누구 말이 옳을까? 둘 다 일리가 있어 보인다.

결혼생활에서 여자의 외모가 전부는 아닌 듯싶다. 사진만 봐도 가슴이 설렐 정도로 아름다운 연예인들의 이혼 소식이 심심찮게 들리는 걸 보면 말이다. 얼마 전에도 운동선수와 아나운서 커플이 이혼 소송을 벌이고 있다는 뉴스를 봤다. 어디에 내놔도 손색없을 정도로 예쁜 아나운서고, 한때 최고의 인기를 누리던 운동선수인데 왜 이혼하게 됐을까? 역시 결혼생활에는 외모나 능력만이 중요한 것은 아닌가 보다.

아는 어르신께서 해주신 이야기가 떠오른다.

"못난이하고는 살아도 모난 이하고는 못 살아."

몸이 성치 않은 사람과 지능이 좀 떨어지는 사람이 한마을에 살고 있었다. 옛날이다 보니 둘 다 부모 간의 약속으로 혼인하게 되었는데, 마을 사람들은 모두 지능이 좀 떨어져도 외모가 훤칠한 남자의 가정이 더 행복할 것이라 생각했다.

그런데 예상과 달리 지능이 떨어지는 남자의 부인은 애를 하나 낳더니 어느 날 야반도주해버렸다. 외모가 훤칠하면 무엇하겠는가. 자신의 고민을 들어주지도, 애틋하게 사랑해주지도 않는 모난 이와 사는 것을 참아내지 못한 것이었다.

반면, 얼굴이 흉하고 신체적 장애가 있는 사람의 아내는 남편을 잘 받들며 애를 넷이나 낳고 행복하게 살았다. 남편은 아내를 끔찍이 사랑했고, 누군가 자신의 아내를 괴롭히면 그곳이 어디든 작대기를 들고 뛰쳐나가 끝까지 혼을 내줬다고 한다. 부부간의 금슬이 좋으니 자식들도 효심이 지극해서 부부가 늙은 후에도 극진히 모셨다.

그 모습을 보면서 어르신은 역시 외모가 중요치 않다는 것을 깨달으셨다고 한다. 자신을 사랑해주는 사람이 있다면 그 사람의 외모가 추하고 몸이 성치 않아도 행복하게 살 수 있지만, 외모가 멀쩡해도 자신을 아껴주지 않는 이라면 도저히 같이 살 수 없는 것이 진리다.

세상을 시끌벅적하게 했던 우즈베키스탄 출신의 TV 출연자가 있었다. 섹시한 외모와 온몸에 좔좔 흐르는 교태로 뭇 남성들의 심장을 녹여버렸었다. 남자들은 그녀에게 열광했는데, TV에서 사라졌던 그녀가 2년 만에 다시 나타났고, 사람들은 깜짝 놀랐다. 2년

새 그녀는 몰라볼 정도로 달라져 있었다. 주름살은 많아지고 예전의 탱탱하던 피부는 온데간데없었다. 외국인은 얼굴의 노화가 빠르다지만 이 정도이리라고는 생각하지 못했다.

누군가가 그녀의 얼굴만 보고 결혼했다면, 정말 3년 뒤에는 후회했을지도 모르겠다는 생각이 들었다. 사람은 외모로부터 완전히 자유로워질 수 없다. 하지만 사람과 사람이 만날 때에는 외모보다 마음이 더 중요하지 않을까. 자신을 사랑하고 이해해주는 사람을 만나는 것, 그것이야말로 진정한 인연이 아닐까.

이 환자, 네가 죽인 거야!

신경외과 인턴 때의 일이다. 응급실에 교통사고 환자가 왔다. 여기저기 손상을 입었지만 일단 뇌출혈이 급해 신경외과에 연락이 왔고, 덩달아 나도 응급실로 불려갔다. 인턴이 해야 할 일은 수술실까지 환자를 모셔가는 것. 의식이 없는 상태여서 삽관을 하고 '앰부'라 불리는 공기주머니로 공기를 짜 넣어 숨을 쉬게 해주어야 했다. 혼자 무거운 침대를 끌고 가면서 앰부를 짜는 것은 힘든 일이었다. 마침 선배 한 분이 나를 도와주셨다. 기억이 가물거리는데, 아마 외과나 정형외과 선배였던 것 같다.

선배는 새내기 인턴인 나에게 이런저런 이야기를 해주셨다. 선배님의 말씀을 들으며 앰부를 짰고, 생각보다 준비가 늦어져 잠시 수술실 앞에서 대기해야 했다. 이윽고 수술실 간호사들이 나와서 앰부를 건네받았고 나는 수술 어시스트를 위해 옷을 갈아입으러 탈의실에 들어갔다.

옷을 갈아입고 수술실에 들어가려는데 웅성거리는 소리가 들렸다. 아까 들어갔던 환자가 다시 침대에 실려 나오는 게 아닌가. 무슨 일이지 하고 살펴보는데 신경외과 선배가 나한테 말했다.

"야, 이 환자 다시 응급실로 내려."

"네? 왜요?"

"수술대 딱 올라가서 보니까 심장이 거의 멎었다더라. 하마터면 테이블 데스(table death, 수술대 위에서 환자가 사망하는 것)할 뻔했어. 진짜 큰일 날 뻔했다."

의사들은 테이블 데스를 정말 싫어한다. 수술실 안에서 환자가 사망하면 그 이유가 무엇이든 간에 의사의 과실로 몰아가기 때문이다. 보호자가 보지 못하는 밀실에서 일어난 일이니 그런 의심과 비난을 듣는 것은 어쩌면 당연한 일이다.

그때, 마취과 레지던트가 나왔다. 화가 많이 나 있었는데, 이렇게 상태가 안 좋은 환자를 무작정 수술실로 밀고 들어오면 어떡하냐는 것이었다. 수술대 위에 환자를 올려놓고 모니터를 본 순간 식은땀이 흘렀을 것이었다. 심폐소생술을 하고 약을 투여해서 겨우 심박동 수를 올려놨지만 이런 상태에서 뇌 수술을 하는 것은 무모한 일이었다.

"이렇게 어레스트(arrest, 심박정지)가 날 환자를 막 올리면 어쩌자는 거야? 엉?"

"그게 아니고요, 아까 응급실에서는 심장이 멀쩡했다니까요. 이상하네. 갑자기 왜 이러지?"

"멀쩡하던 환자 심장이 멈추는 게 말이 돼? 제대로 확인했어?"

"확인했어요. 거참, 신기하네."

신경외과 선배는 이해할 수 없다는 듯 입맛을 쩝쩝 다셨다. 분명 응급실에선 심장에 아무런 문제가 없었다는 거다. 그리고 바로 응급실에서 올라왔는데 수술실에서는 심장이 거의 멎어 있었으니 귀신이 곡할 노릇이다. 순간 뭔가 심상찮은 분위기를 느꼈다. 이야기가 흘러가는 품새가 어쩐지 불길했다. 신경외과 선배가 스윽 나를 돌아봤다.

"야, 너 앰부 제대로 짠 거 맞아?"

응급실에서 괜찮다가 수술실에서 심장이 느려졌으니, 그 중간에 문제가 있었을 것이라는 추리였다. 주변에 있던 사람들이 모두 나를 쳐다보았다. 나는 더듬더듬 대답했다.

"잘…… 잘 짰는데요."

순간 마취과 선배가 앞으로 나서며 소리를 질렀다.

"야! 그럼 응급실에서 멀쩡했던 환자가 왜 수술실 올라오는 사이에 어레스트가 나는데? 뭔가 중간에 잘못된 게 있으니까 그런 거 아냐!"

"아…… 아뇨. 전 제대로……."

"똑바로 말해, 이 자식아! 너밖에 누가 또 있어?"

얼어붙은 내 앞에서 마취과 선배가 삿대질을 했다.

"이 환자! 네가 죽인 거야, 새끼야!"

순간 눈앞이 아득해지면서 멍해졌다. 아무것도 보이지 않고 선배의 손가락 끝만 내 심장을 후벼 파는 듯했다. 그런 건가? 정말 내가 이 환자를 죽인 건가?

욕이란 욕은 있는 대로 다 먹으며 다시 환자를 응급실로 내려보냈다. 신경외과 선배는 보호자를 불러 심장 상태가 너무 안 좋아 수술이 불가능하다는 설명을 했고, 나는 그의 심박 수 모니터를 넋 나간 듯 바라보았다. 내가…… 사람을 죽인 건가?

하지만 정신이 돌아오면서 하나하나 생각해보니 의구심이 들었다. 내가 환자를 모시고 수술실까지 가는 동안 나 혼자만 있었던 게 아니다. 분명 선배가 옆에 있었고, 내가 앰부를 잘못 짜고 있었다면 지적했을 것이다. 하지만 선배는 아무 말도 하지 않았다. 그것은 내가 별다른 잘못을 하지 않았다는 뜻이다.

그렇다면 마취과 선배는 나에게 왜 그런 말을 했을까. 누군가에게 책임을 전가하고 싶었을지도 모른다. 혹은 새내기 의사가 된 나에게 정신 바짝 차리라고 일부러 겁을 준 것일 수도 있다. 하지만 그런 의도치고는 내가 받은 정신적 충격이 너무나 컸다.

그 후 한동안 나는 앰부 강박증에 시달렸다. 앰부를 짜야 하는 일이 생기면 정말 열심히 짰다. 시술하는 교수님께서 천천히 짜라고 말할 정도였다. 나는 알겠다고 대답했지만 어느새 앰부는 다시 빠르게 움직이고 있었다.

지금도 앰부만 보면 그때 그 사건과, 나를 향해 손가락질하던

선배의 얼굴이 떠오른다. 전공을 정할 때 외과 계열은 아예 제쳐
두었던 걸 보면 아마 이때부터 수술실에 대한 무의식적인 거부감
이 있었던 것 같다. 그러고 보니, 그 한마디가 내 인생을 바꿔놓은
걸까?

고통은 나를 더욱 강하게 만들 뿐이다

퇴근길, 아파트에 들어서다 보면 가끔 1층에서 아주머니의 고함 소리가 들렸다. 하도 자주 듣다 보니 도대체 무슨 연유인지 궁금해졌다. 다양한 레퍼토리였지만, 그중에서도 이 말이 가장 많이 들렸다.

"야, 이년아! 공부해!"

연령별, 성별로 '후회되는 일'에 대해 리서치한 결과를 뉴스에서 본 적이 있다. 남녀 모두 '인생에서 가장 후회되는 일'로 '공부 좀 할걸'을 꼽았다. 우리는 평생 '내가 왜 그때 공부를 열심히 하지 않았을까' 하며 후회하다 죽는 것이다.

공부는 딱히 때가 정해져 있는 것이 아니다. 하지만 공부에 있어 최적의 시기는 있다. 다름 아닌 고등학생 시절이다. 이 시기가 지나면 공부에 몰두하기가 점점 더 힘들어진다. 참고 견뎌내야 하는 시기다.

사람들은 말한다. 대학으로 서열을 정하고 고등학생에게 여러 가지 경험의 기회도 주지 않은 채 공부만 하라며 몰아붙이는 것은 잘못된 일이라고. 물론 나도 그렇게 생각한다. 본인의 뜻으로 특정 분야에 몰두하고 노력한다면야 당연히 칭찬할 일이다.

하지만 딱히 열심히 하는 것도 없으면서 공부도 안 하고 빈둥대는 건 시간과 기회의 낭비다.

"행복은 성적순이 아니잖아요!"

그렇다. 살아보니 행복은 성적순이 아니었다. 하지만 그렇다고 성적의 역순은 더더욱 아니었다.

요즘 TV에서 군 입대를 소재로 한 예능 프로그램이 인기를 끌고 있다. 보면서 박장대소하다가도 가끔 마음 한편이 뭉클해지곤 했다. 나는 훈련소 퇴소 후 공중보건의로 근무했기 때문에 자대에서의 고생을 겪지 않아도 되었지만, 주변 이야기를 통해 군대생활의 힘겨움을 익히 알고 있기 때문이었다.

우리에게는 부조리함과 자신의 한계를 느끼면서도, 꾹 참고 넘어가야 하는 시간들이 있다. 고3과 군대가 그 예다. 너무나도 괴롭고 모든 걸 때려치우고 포기하고 싶은 마음이 들어도 꾹 참아야 한다. 그건 누구나 겪는 고통의 시간이고, 그 시간이 지나야 비로소 평화로운 시간이 돌아오기 때문이다. 인내가 필요하다. 힘들다고 해서 그 고생을 포기하면 후회와 돌이킬 수 없는 상처만 남게 된다.

인내 이야기를 하다 보니 떠오르는 추억이 있다. 내 인생 최고의 극한 상황에서 참고 견뎌야 했던 시간이었다. 지나고 나니 웃음만 나는데, 그 당시의 나는 정말 눈물이 날 정도로 힘들었다.

인턴 시절, 비록 의사이기는 해도 병원 내에서 그 지위는 바닥이나 마찬가지였다. 온갖 힘들고 잡다한 일들이 인턴에게 떠넘겨지는데, 그런 것들 또한 의사의 숙명이라 생각하며 불평 없이 받아들여야 했다.

인턴 업무 중 하나가 환자 이송이었다. 의식이 없는 환자를 다른 병원으로 이송할 시, 경우에 따라 환자의 호흡을 유지시켜야 할 때가 있는데 앰뷸런스에는 인공호흡기가 없기 때문에 사람이 직접 앰부라고 부르는 공기주머니를 짜서 숨을 쉬게 해줘야 했다.

응급수술이 이어져 며칠째 한두 시간씩밖에 잠을 못 자던 어느 날, 호출을 받고 중환자실에 가보니 다른 병원으로 이송할 환자가 있었다. 이미 수면 부족으로 비몽사몽이던 나는 행선지를 듣고 절망할 수밖에 없었다. 행선지는 경남 끝자락이었고, 도로 사정이 안 좋아서 가는 데만 족히 다섯 시간은 걸릴 것 같았다.

다섯 시간 동안 앰부를 짤 생각을 하니 아찔했다. 하지만 어쩌랴. 어차피 해야 할 일이라면 즐거운 마음으로 해야겠다고 마음을 다잡았다. 중환자실에서부터 앰부를 짜며 환자를 앰뷸런스에 태웠고, 보호자 두 명이 동승했다. 그리고 앰뷸런스는 목적지를 향해 출발했다.

처음에는 할 만했다. 손이 좀 아프기는 했지만 그동안 쌓인 노하우가 있어 자세를 바꿔가며 앰부를 잘 짜고 있었다. 하지만 문제는 전혀 다른 곳에서 생겼다. 며칠째 한두 시간 밖에 잠을 못 잔 탓에 졸음이 몰려왔던 것이다. 적절한 자동차의 진동과 반복적인 작업은 나의 의식을 점점 혼미하게 만들었다. 어느새 나도 모르게 눈앞이 흐려졌다.

아차! 나는 눈을 부릅떴다. 하마터면 졸 뻔했다. 앰부를 짜면서 존다는 것은 있을 수 없는 일이다. 하지만 아무리 눈에 힘을 줘도 감겨오는 눈꺼풀은 천근만근이었다. 스르르 눈이 감기던 나는 또다시 흠칫 놀라며 눈을 떴다. 혹시나 내가 졸려 하는 것을 눈치채지 않았을까 싶어 옆에 앉은 아저씨를 슬쩍 쳐다보았다. 아저씨와 눈이 마주쳤다.

아아, 딱 걸렸구나. 미안함과 함께 얼굴이 달아올랐다. 의사가 환자를 앞에 두고 졸음에 빠지다니! 잔뜩 군기가 잡혀 있던 신참 의사로서는 도저히 용납할 수 없는 일이었다.

"아이고, 의사 양반 많이 피곤하신가 보네. 내가 대신할까?"

아저씨가 안쓰러운 표정을 지으며 앰부를 받으려 했다. 하지만 나는 고개를 저었다.

"아닙니다. 괜찮습니다. 제가 할게요."

보호자에게 앰부를 넘긴다는 것은 상상할 수 없었다. 앰부를 짜는 일은 의사만의 의무이자 권리라고 생각했으니까. 앰부를 넘기면 의사의 자존심마저 넘기는 것 같아서 도저히 그럴 수가 없었다.

아저씨는 알겠노라며 물러섰다. 나는 열심히 앰부를 짰다. 하지만 졸음과의 사투는 계속되고 있었다. 점점 의식이 혼미해지는 시간이 늘어났다.

이런! 나는 눈을 뜸과 동시에 식은땀이 송골송골 이마에 맺히는 것을 느꼈다. 졸았다. 확실하게 졸았다. 앰부는 느릿느릿 멈춰지다시피 하고 있었다. 나는 허겁지겁 앰부를 다시 짜기 시작했다. 내가 얼마나 졸았을까? 2초나 3초? 그리 길지는 않았을 것이다. 몇 초 숨을 참는다고 큰일이 벌어지는 것은 아니다. 하지만 나는 환자의 호흡을 담당하는 의사가 아닌가. 심장이 두근거렸다. 내 어깨로 누군가의 손이 쓰윽 올라왔다. 옆에 있던 아저씨가 잠에서 깨어나라고 내 어깨를 주무르기 시작했던 것이다.

너무나 고마웠다. 덕분에 잠도 좀 사라진 것 같았다. 다시 맑은 정신에 앰부를 짜기 시작했다. 하지만 그것도 잠시, 잠귀신은 또 내 머리 위에 앉아 있었다.

아저씨의 손에 힘이 들어갔다. 잠에서 깨라는 신호이자 경고 같았다. 나는 등에서 식은땀이 나는 것을 느꼈다. 하지만 며칠 동안 쌓인 피로와 수면 부족은 인간의 한계를 넘어선 것이었다. 의사가 아니라 의사 할아비가 와도 참을 수 없는 졸음이었다. 아저씨는 꾸욱꾸욱 내 어깨를 안마하고 있었는데, 점점 안마라기보다는 꼬집는 형국에 가까워지고 있었다. 나는 아팠지만 뭐라 대꾸할 수도 없었다. 그 와중에 다시 눈꺼풀이 감겨왔다.

철썩! 나는 어깨에 불이 나는 듯한 통증을 느끼며 화들짝 눈을 뜨고 말았다. 아저씨가 안마로는 부족하다고 생각했는지 내 어깨를 철썩철썩 두드리기 시작한 것이다. 어쨌든 잠에서 깨어날 수 있으니 고마운 일이었다.

"아…… 감사합니다."

철썩! 철썩!

"저…… 저기……."

철썩! 철썩!

아저씨의 손바닥은 생각보다 매웠다. 어깨가 너무 아팠다. '아저씨, 아파요 이제 그만……'이라고 말하고 싶었지만, 그랬다가는 또 졸음에 빠질 수 있으니 그럴 수도 없었다. 졸다가 환자를 위험에 빠뜨리느니 차라리 맞는 게 속 편했다. 그렇게 나는 아저씨에게 철썩철썩 얻어맞으며 앰부를 짰다.

세 시간쯤 지났을까.

이제는 아저씨도 졸음을 참지 못하고 깊은 잠에 빠져버렸다. 앰뷸런스 안은 적막뿐이고, 아저씨들의 코 고는 소리만 그 정적을 깼다. 그 안에서 혼자 앰부를 짜고 있는 나는 커다란 외로움을 느꼈다. 이제는 잠을 깨워줄 사람도 없었다. 나는 잠에서 깨어나기 위해 입술을 깨물고 허벅지를 꼬집고 발가락을 접었다 폈다 도리도리 고개를 흔들며 그렇게 남은 두 시간을 버텨냈다. 졸음을 참는 것이 이렇게 힘든 줄은 몰랐다. 너무 힘들어 눈물이 날 지경이었다.

'차라리 절 때려주세요.'

애절한 눈빛으로 아저씨를 바라보았지만 아저씨는 입을 반쯤 벌린 채 달콤한 꿈나라에 빠져 있었다. 다른 아저씨를 바라보았다. 그 아저씨는 출발하자마자 곯아떨어졌다. 아까 대신 짜준다고 할 때 말을 들을걸. 의사의 자존심이고 뭐고 당장 내가 잠에 빠지면 환자의 생명이 위험한 상황이었다. 이대로 내가 잠들면 어떻게 될까? 내일 아침 뉴스에 '얼빠진 의사, 앰뷸런스에서 졸다가 환자 사망시켜'라는 기사가 뜨겠지? 기껏 지금까지 고생하며 의사가 되었는데 의사 면허도 취소되고 감옥에 가게 되는 건가? 대단한 의료 사고를 내서 면허 취소가 되는 게 아니라 앰부 짜다 면허가 취소되다니…… 나중에 결혼해서 아기를 낳았는데, 그 아기가 자라서 내가 의사였던 것을 알게 된다면 나는 어떻게 설명해야 할까? "아빠가 원래 의사였는데 앰뷸런스에서 졸다가 면허가 취소됐어"라고 말해야 할까? 그야말로 슬프고도 우스운 결말이 아닐 수 없었다. 나는 환자와 나 모두를 위해 초인적인 힘으로 졸음을 참아냈다.

다섯 시간이 조금 지나 앰뷸런스는 무사히 병원에 들어섰고, 나는 무엇보다도 할아버지의 상태가 괜찮은지 궁금했다. 다행히 모니터상에는 혈압과 맥박 모두 정상이었다. 드디어 끝났구나. 졸음과의 전쟁이 끝났구나. 잠에서 깨어난 아저씨들이 수고했다며 내 어깨를 두드려주었다. 다섯 시간 동안 앰부를 짜느라 손은 얼얼하고, 입술은 하도 깨물어 피멍이 들어 있었다. 옷을 벗어보면 아마도 어깨에 손바닥 자국이 선명할 것만 같았다.

만약 내가 그 졸음을 도저히 견딜 수 없다고 해서 앰부 짜는 것을 포기할 수 있었을까. 나는 그런 상황을 상상하기 힘들다. 자신에게 주어진 책임이 막중하다면 아무리 험난한 고통이라도 참고 견뎌내는 인내심을 발휘해야 하는 것이다. 힘들다고 포기해서는 안 된다. 하물며 사람의 목숨이 달린 일인데 최선을 다해야 하지 않을까.

우리는 살아가면서 숱한 고통의 시간과 맞닥뜨린다. 몸이 힘들 때도 있지만 마음이 괴로울 때도 많다. 모두 때려치우고 도망치고 싶어도 때론 참고 인내할 필요가 있다. 시간이 지났을 때 후회하지 않으려면, 이를 악물고 참아내야 한다. 그것이 나와 모두를 위한 길일 테니까.

해병대에서는 이런 명언이 전해 내려온다고 한다.

"나를 죽이지 못하는 고통은 나를 더욱 강하게 만들 뿐이다."

대입 시험을 눈앞에 둔 학생들, 군대에서 열심히 땀 흘리며 훈련받는 이들, 직장에서의 괴로움을 참고 견디는 사람들에게 박수를 보내고 싶다. 그 고통의 시간을 잘 견뎌내면 분명 좋은 결과가 있지 않을까. 후회와 상처를 남기지 않기 위해 최선을 다하는 그 모습이야말로 아름다운 인내의 시간이리라 믿는다.

제4장 / 행복은 찾아오지 않는다

애초에 행복이든 불행이든 필요충분조건은 없었다. 모자라면 모자란 대로, 넘치면 넘치는 대로 그 안에서 찾아가야 하는 것이 행복이다. 못난 아들에게 얻어맞아 눈이 밤탱이가 되었어도, 허허 웃을 수 있다면 그것으로 족하다. 으리으리한 집에 번듯한 직장을 다니는 똑똑한 아들이 있어도 불행하지 말란 법은 없다.

신경외과 인턴 시절 잊을 수 없는 환자가 한 명 있다.

중환자실에서 혈액 채취를 하려고 보니, 고등학생으로 보이는 남자아이였다. 입에는 삽관을 하고 사지가 묶인 채 힘겨워하며 발버둥치고 있었다. 나는 차트에 적힌 병명을 흘긋 쳐다보았다.

"지주막하출혈? 이렇게 어린 애가?"

교통사고 환자인가? 지주막하출혈은 외상에 의한 것이 아니면 이렇게 어린 나이에 발병하는 경우가 드물었기 때문에 고개를 갸웃했다. 발버둥을 치는 바람에 혈액 채취가 쉽지 않았고, 옆으로 다가온 간호사가 그의 팔을 붙잡았다.

"집에 혼자 있는데 갑자기 뇌동맥류가 터진 모양이에요. 다른 사람들 같으면 그냥 쓰러졌을 텐데, 그 와중에 전화기까지 기어가서 살려달라고 119에 전화하고는 정신을 잃었나 봐요. 정말 대단하죠?"

지주막하출혈은 대부분 엄청난 두통을 동반하기 때문에 본인은 아무런 조치를 취하지 못하는 경우가 많다. 그 두통을 이겨내고 전화기까지 기어가 신고했다는 것이 믿어지지 않았다. 채취한 혈액을 샘플 병에 담은 후, 지혈하기 위해 알코올 솜으로 그의 손목을 꾹 눌렀다. 그제야 얼굴을 자세히 쳐다볼 수 있었다. 앳된 얼굴의 그는 통증이 심한지 연신 인상을 찌푸렸다. 그것이 우리의 첫 만남이었다.

그는 그날 오후 코일을 뇌동맥류 안에 넣어 막아버리는 시술을 받았다. 뇌출혈 후유증 때문에 한동안 꽤 난폭한 상태가 이어졌고, 부모님이나 나에게 욕을 하고 물건을 던지는 것은 흔한 일이었다. 그럼에도 불구하고 화를 내지 않고 최대한 다독거려주려 했는데, 어린 동생뻘 되는 녀석이 이렇게 힘든 병에 걸려 고생하는 게 마음 아파서 그랬던 모양이다.

일주일 정도 지나자 상태가 많이 안정되어 일반적인 대화도 가능할 정도였다. '너 나한테 막 욕하고 그랬던 거 기억나?' 하고 물으면 '아니요' 하며 마치 죄지은 사람처럼 부끄러워하는 녀석이 참으로 대견해 보였다. 그 힘든 상황을 이겨내는 것이 쉽지는 않았을 테니까.

삶과 죽음에 대해 고민하기 시작한 것이 바로 이즈음이었던 것 같다. 그전까지는 삶도 죽음도 큰 관심이 없었다. 그저 인생의 목

표는 대학 진학, 의대 시험에서 유급당하지 않기, 의사 고시 합격
뿐이었다. 의사 고시에 합격한 후, 새로운 목표는 전문의였다. 다
른 것을 생각할 겨를도, 여유도 없었다.

죽음도 마찬가지였다. 죽는다는 것을 떠올릴 이유가 없었다. 나
는 젊고 건강했다. 죽음은 너무나 먼 미래의 일이었기에 관심조차
두지 않았던 것이다.

하지만 내 또래 혹은 나보다 어린 사람이 사경을 헤매는 것을 본
이후, 점차 나의 인생과 죽음에 대해 고민하기 시작했다. 나는 과
연 잘 살고 있는 것일까. 언제 죽을지도 모르는 인생인데, 죽을 때
후회 없이 갈 수 있을까.

사랑한다는 말 한마디 할 시간도 없이 떠나갈 수 있는 것이 인생
이었다. 머리가 터져나갈 듯한 고통 속에서도 전화기까지 기어가
살려달라고 말하고 싶은 게 우리네 삶이다. 그렇게 소중한 삶을,
나는 함부로 살아가고 있었던 것은 아닐까.

너는 의사라서 행복하겠다

"너는 의사라서 행복하겠다!"

"의사가 걱정할 게 뭐가 있어!"

직업이 의사라는 것을 밝힐 때마다 사람들의 반응은 이랬다. 사람들은 의사를 시기하고 욕하면서도, 자기 자식은 의사가 되기를 바라는 이중적인 잣대를 가지고 있었다. 의사라는 신분만으로도 행복의 보증수표를 가지고 있는 것처럼 말했다. 틀린 말은 아니었다. 의사 면허증이 있으면 취직은 쉬웠으니, 남들만큼 취업 스트레스를 받을 필요가 없었다.

하지만 나의 인턴, 레지던트 시절을 돌이켜보면 '행복했다'는 말은 차마 떠올릴 수가 없다. 당시의 나는 하루하루가 생존이었다.

정형외과였던가. 인턴이었던 나는 눈코 뜰 새 없이 바빴다. 새벽에 일어나 혈액 채취를 하고 의국(醫局) 회의 준비를 한 후, 수술방에서 하루 종일 수술을 하면 저녁에야 나올 수 있었다. 그렇다고 일이 끝난 것이 아니다. 다시 혈액 채취와 환자의 필름 찾는 일이 남아 있었다. 몸은 피곤에 절었고, 수면 부족으로 어디든 머리만 대면 눈이 스르르 감겨왔다.

수술실은 곤욕이었다. 인턴이 하는 일이라고 해봤자 겸자를 당기는 것뿐인데, 아무 생각 없이 겸자를 당기고 있노라면 졸음이 살살 왔다. 아무리 잠을 자지 않으려고 입술을 깨물어봐도, 신체의 한계는 분명 존재했다. 선배에게 몇 번 혼이 나고 나니 수술실이 두려워졌다.

그날은 점심시간이 되어도 수술이 넘쳐나 도저히 밥 먹을 시간이 없었다. 정형외과 레지던트가, 그래도 인턴을 굶길 순 없다고 생각했는지 내게 소리쳤다.

"7분 줄 테니까 밥 먹고 와! 딱 7분이다!"

꾸벅 인사를 하고 로커 룸에 들어온 나는 급히 시간 계산을 했다. 옷 벗고 나가는 데 1분, 식당까지 가서 밥 타는 데 1분, 돌아오는 데 1분, 스크럽하고 다시 들어가는 데 2분. 2분 동안 밥을 먹어야 했다. 과연 먹을 수 있을까.

밥을 먹는 것 자체도 문제였다. 밥을 먹으면 식곤증이 생길 텐데, 그 졸음을 참을 수 있을지 걱정이었다. 나는 미련 없이 밥을 포기했다. 자판기 커피와 함께 담배를 한 대 피운 후, 다시 수술실에 들어갔다. 정형외과 레지던트가 물었다.

"밥 먹었냐?"

뭐라고 대답할까 하다가, 그냥 솔직하게 말했다.

"아뇨. 밥 먹으면 졸릴 거 같아서, 커피 마시고 담배 피우고 왔습니다."

그러자 레지던트가 버럭 소리를 질렀다.

"야, 이 새끼야, 내가 밥 먹으라고 했지 담배 피우라고 했냐?"

수술실이 쩌렁쩌렁 울렸다. 레지던트는 계속해서 소리를 질러 댔다.

"그래놓곤 또 어디 가서 우리 과는 인턴 밥도 안 먹이면서 일 시킨다고 소문낼 거 아냐!"

"……죄송합니다."

나는 후회했다. 그냥 밥 먹었다고 할걸. 밥을 먹어도 문제, 먹지 않아도 문제였다.

그날따라 수술 환자가 너무 많아 수술실을 나올 수가 없었다. 다들 저녁도 굶어가며 수술했고, 수술실을 나와보니 밤 10시였다. 잠깐 어지럼증을 느꼈다. 생각해보니 어제 저녁 이후로 한 끼도 먹지 못했다. 먹은 거라고는 점심때 먹은 자판기 커피 한 잔뿐.

하지만 일은 끝나지 않았다. 저녁 타임 병동 혈액 채취는 어떻게 되었을까. 가끔 마음씨 좋은 간호사는 인턴이 바쁘면 대신 혈액 채취를 해주곤 했는데, 오늘도 그랬으면 좋겠다는 생각을 했다. 지친 몸을 이끌고 병동에 가보니, 앙칼진 목소리가 날아들었다.

“인턴 선생님! 지금까지 일을 안 하시면 어떻게 해요!”

간호사가 눈을 부라리며 나를 노려보았다. 샘플 병은 텅 비어 있었다. 그녀를 탓할 순 없었다. 이건 인턴이 해야 하는 일이었으니까. 하지만 왜 일하지 않고 농땡이를 부리느냐는 그녀의 쏘아붙임엔 해명을 해야겠다고 생각했다.

“아침부터 수술실에 들어가서 점심도, 저녁도 못 먹고 수술하다 이제 나왔습니다. 하기 싫어서 안 한 게 아니라, 할 수가 없어서 그런 거예요.”

말하다 보니 내가 처량하게 느껴져, 나도 모르게 서러움이 몰려와 얼른 샘플 병을 챙겨 들고 병실로 향했다.

일이 다 끝나고 당직실에 들어서니 새벽 2시였다. 동료들은 이미 곯아떨어져 있었다. 불을 켜면 방해될 것 같아 TV만 켜고, 볼륨은 무음으로 해놓았다. 너무 피곤했지만 배가 고파서 도저히 잠이 올 것 같지 않았다. 치킨 한 마리를 시킨 뒤 배달 올 동안 샤워를 했다. 의자에 앉아 치킨을 먹기 시작했다. 캄캄한 방, 소리도 들리지 않는 TV 앞에 앉아 그 불빛에 의지해 우걱우걱 치킨을 먹고 있노라니 다시 서러움이 몰려왔다. TV 안의 사람들은 무엇이 그리도 즐거운지 하하 호호 웃고 있었다. 왈칵 눈물이 날 것만 같았지만 꾹 참았다.

너는 의사라서 행복하겠다!

그 말이 귀에 맴돌았다. 나는 의사인데 왜 행복하지 않은 것일까. 단지 일이 힘들기 때문일까? 인턴이 끝나고 레지던트를 마치면 행복해질까?

물론 인턴, 레지던트도 힘들지만 그보다 더 힘든 일을 하는 사람들도 많을 텐데, 그럼 그 사람들은 모두 불행한 걸까? 나는 의문을 갖기 시작했다. 도대체 행복이란 어디에 있는 것일까.

상처받지 않은 영혼이 어디 있으랴

내가 세상에서 제일 불행해.

레지던트 시절까지만 해도 나는 이런 말을 얼굴에 써 붙이고 다녔다. 늘 인상을 찌푸렸고, 언제 터질지 모르는 폭탄 같았다. 마음에 들지 않는 일이 있으면 간호사에게 소리 질렀고, 환자들과의 트러블도 많았다. 마치 세상의 불행을 모두 짊어진 사람처럼 살았다.

가끔 시내에 나가보면 행복하게 웃고 있는 사람들이 보기 싫었다. 저 사람들은 왜 저렇게 행복할까. 난 별로 행복하지 않은데. 짜증만 더 늘어갔다.

사는 게 참 힘들다. 나는 한숨 쉬듯 말하곤 했다. 남들이 보기에는 배부른 소리였다. 하지만 그게 배부른 소리였다는 것을 깨닫는 데도 꽤 오랜 시간이 걸렸다.

나는 시력이 나빴다. 입대 신체검사에서 난시로 4급 판정을 받았을 정도다. 동료 안과 의사들도 "웬만하면 라섹 수술을 받으시죠"라고 말했다. 수술을 받을까 말까 고민하다 보니 시간이 꽤 흘러 이제는 그냥 그러려니 하며 살고 있다. 안경 쓴 것이 불편할 때는 스노보드나 수영 등 운동할 때뿐이다. 거기에 하나 덧붙이자면 미용실에서 내 머리카락이 잘 다듬어지고 있는지 알 수 없다는 것 정도였다.

헤어스타일에 큰 관심이 있는 편은 아니어서, 무난하게 깎아주기만 하면 같은 헤어숍을 고집했다. 붙임성이 좋지 못해 농담도 별로 안 하는데, 보조 일을 하는 아가씨와는 조금 친해지게 되었다. 굉장히 조심조심 샴푸를 하기에 "여기서 일하신 지 얼마 안 되셨나 봐요?"라고 물었다. 그랬더니 "꽤 오래됐는데요?" 한다. 그동안 내가 무관심해서 몰랐던 모양이다. 미안한 마음에 나는 '샴푸를 너무 조심스럽게 해서 얼마 안 된 줄 알았다'며 해명했고, 그녀는 내 무관심에 대한 답례로 아주 시원하게 빡빡 머리를 감겨주었다.

그 후에도 그녀는 매번 시원한 샴푸로 내 기분을 상쾌하게 해줬다. 요즘은 헤어숍도 경쟁이 치열한지 서비스가 좋아졌다. 샴푸 후에는 어깨도 가볍게 풀어주고 손 마사지도 해준다. 그날도 그녀가 내 손을 마사지하는데, 문득 그녀의 손을 보고 깜짝 놀랐다. 손 전체가 거의 다 갈라져 점점이 피가 배어난 자국투성이였다. "손 왜 그래요?" 하고 물었더니 "이제 아셨어요?"라는 물음이 되돌아왔다. 또 내 무관심 때문이다. 하지만 이번만큼은 무관심보다 안 좋은 시력 탓을 하고 싶었다. 안경을 벗은 상태에서는 손의 상처가 잘 안 보이기 때문이다.

그녀 손의 상처는 미용 일을 시작하고 나서 생겼다고 했다. 흔히 말하는 '주부습진'이었다. 하루 종일 손님들의 머리를 감겨주다 보니 샴푸에 노출되는 시간이 많아지고, 물에 젖었다 말랐다 하면서 살결이 거칠어진 것이다. 딴에는 의사라고 뭔가 조언해주고 싶었는데, 생각해보니 그 치료법이라는 게 참 한심했다. '손 자주 씻지 말고 비누나 샴푸 같은 거 조심하고 연고 좀 바르시는 게 좋겠어요'라고 말해주는 건 참 쉽다. 하지만 머리 감겨주는 미용 보조가 그중에서 지킬 수 있는 게 얼마나 될까.

"징그럽죠? 하루라도 쉬면 좀 나아져요. 근데 쉬질 못해요."

일주일에 딱 하루, 수요일에 쉰다고 했다. 헤어 디자이너가 쉬는 날에 자신도 쉬는 것이다. "그럼 샴푸하는 건 언제 그만해요? 보조 일 끝나면 안 해도 되잖아요?"라고 물으니 앞으로 2년 정도는 더 기다려야 한단다. 그동안 그녀는 또 매일 손님들의 머리를 감겨줄 것이고, 손의 상처는 더욱 깊어갈 것이다.

"수고하셨습니다." 그녀는 손 마사지를 끝내고 내게 인사를 하며 웃었다. 한창 예쁘고 싶을 나이일 텐데 "징그럽죠?"라고 말하면서도 웃음을 잃지 않았다. 세상에 쉬운 일은 없구나. 나만 힘들게 살아가는 줄 알았는데 누구나 다 힘들게 살아가고 있구나. 그럼에도 불구하고 미소 짓는 그녀가 대견했다.

랭보의 시에 이런 글귀가 있다.

"상처받지 않은 영혼이 어디 있으랴."

세상에 힘들지 않은 사람, 상처받지 않은 사람이 어디 있을까. 손님들의 머리를 감겨주는 어린 그녀의 손에 그토록 상처가 많으리라곤 생각도 못했다. 누구나 힘겹게 살아가는 인생인 것이다.

지인 중 하나는 가족 중에 정신분열증 환자가 있다. 증상이 심해지면 행동이 거칠어지고 폭력을 행사하기도 하는데, 한번은 칼을 휘둘러 응급실에 가느라 난리가 난 적도 있다. 정말 지긋지긋하다고 말하면서도 떼어낼 수 없는 운명이다.

남편은 치매에 걸리고 아들은 알코올중독인 관절염 할머니, 몇 년째 허름한 군복을 입고 박스를 주우러 다니는 할아버지…… 모두 힘들게 살아가는 세상이다.

나도 힘들었다. 왜 나만 이렇게 불행해야 하나 싶을 때도 있었다. 하지만 돌이켜 생각해보면, 사람들 모두 나만큼 힘들어하고 있었다. 그들의 눈에 나는 엄살쟁이로 보이지 않았을까. 지금 생각해보면 부끄러워진다.

세상에 상처받지 않은 영혼이 어디 있으랴. 차이는 있을지언정 누구나 힘들게 살아가는 세상이다. 나만 괴롭고 나만 외로운 것이 아니라는 걸 깨닫고 나니 힘이 좀 나는 듯했다. 손에 상처가 가득한 채 웃던 그녀처럼, 나도 저렇게 미소 지을 수 있는 여유와 아량을 본받아야겠다는 생각을 했다. 상처받지 않은 영혼은 없을 테니까……

병원 진료실을 나서다가 흠칫 놀란 적이 있다. 대기실에 앉아 있는 사람들의 얼굴을 보았는데, 무표정한 그들에게서 행복은 전혀 찾아볼 수 없었다. 병원이야 아파서 오는 곳이므로 그러려니 했다. 하지만 거리를 걸어 다니며 다른 사람들을 살펴봐도, 역시 표정이 그리 밝지 않았다. 왜 우리는 행복한 하루를 보내지 못하고 있을까.

내가 살아가면서 행복한 얼굴을 가장 많이 본 곳은, 다름 아닌 필리핀이었다. 그들의 생활 수준은 매우 낮았다. 소득도 낮았고 아이들을 돈벌이에 내몰다 보니 교육 수준도 형편없었다. 허름한 집에서 살았고, 그들이 몰고 다니는 자동차들은 하나같이 십 수년은 지난 듯한 차였다. 하지만 그들은 해맑게 웃었다. 걱정이 무엇인지 잊어버린 사람들 같았다.

필리핀 여행을 다녀온 뒤에 들었던 생각 중 하나가 '나는 과연 그들만큼 행복한가'였다. 나는 지금 생활에 꽤 만족한다. 하지만 가끔 잘나가는 다른 의사들의 이야기를 들을 때면, 나도 저렇게 살아야 하는 건 아닐까 마음이 흔들리곤 한다. 남들처럼 좀 더 열심히 벌어서 서울에 내 이름이 걸린 병원 하나쯤은 있어야 하는 건 아닌가 싶기도 하다.

하지만 '그게 과연 행복으로 가는 길인가' 하는 질문에는 고개를 갸웃하게 된다. 지금 개원한 의사 선생님들에게 '지금의 삶이 행복하신가요'라고 묻는다면, 모두 다 행복하다고 답하지는 않을 것 같다. 스트레스를 많이 받아 괴롭다거나 쉴 틈이 없어 힘들다고 말씀하실 분들이 꽤 있을 것이다.

한데 하루 벌어 하루 먹고 살기도 힘들었던 필리피노들은 얼굴에 웃음이 한가득이었다. 조금도 불행해 보이지 않았다. 그들은 고급 승용차는커녕 다 망가진 고물차도 없는데 왜 그리 행복해 보였을까. 아니, 과연 행복한 게 맞을까?

궁금해진 나는 국가별 행복지수를 나타낸 국민총행복지수 표를 찾아봤다. 필리핀은 14위. 역시 꽤 높았다.

그렇다면 그들의 가난한 삶을 안쓰러워하는 한국인의 행복지수는 몇 위나 될까? 68위였다. 의외의 결과다. 우리가 그렇게 무시하고 가난하다 비웃던 필리피노들이 우리보다 훨씬 행복하게 살아가고 있다니, 이게 어찌 된 일일까.

우리나라 사람들은 열심히 살아간다. 어느 정도로 열심히 살아가는가 하면, 아이 때부터 영어다 피아노다 바이올린이다 수영이다 발레다 뭐다 해서 정말 열심히 배운다. 남들보다 더 뛰어나기 위해, 더 행복해지기 위해 있는 돈 없는 돈 다 쏟아부어가며 정말 열심히 노력한다. 중·고등학교 때에는 놀러 갈 시간도 없이, 도서관에 처박혀 문제집 풀기에 여념이 없다.

그렇게 열심히 살아가니까 행복해야 할 것이다. 하지만 우리나라 어린이들의 행복지수를 찾아보니 어이없는 결과가 나왔다. 우리나라 어린이들은 OECD 국가 중 최하위의 행복지수를 가지고 있었다. 가장 불행한 삶을 살아가고 있는 것이다. 행복해지기 위해 노력하는 그 과정이 너무나 불행한, 아이러니한 상황이다.

뭐, 그 정도는 미래를 위한 투자라고 생각할 수 있다. 고진감래라는 말이 달리 있는 것은 아니니까. 그렇게 고생해서 나중에 웃을 수 있다면 그 정도의 고통은 참아낼 수 있지 않을까.

그런데 문제는, 이런 고통스럽고 불행한 어린 시절을 겪으며 자란 이들이 바로 우리들이라는 것이다. 나는 스스로에게, 그리고 아는 이들에게 묻고 싶어졌다.

"행복하십니까?"

OECD 국가 중 어린이 행복지수에서는 꼴찌를 했지만, 자랑스럽게도 1위를 한 부분도 있다. 바로 자살률이다.

행복하게 살려고 어린 시절까지 희생했는데, 왜 자살을 하는 걸까? 너무나 행복해서 자살하는 걸까? 말이 안 된다. 어릴 때도 불행했는데 나이 들어보니 여전히 불행해서 자살하는 건 아닐까.

게다가 우리나라 자살률은 노년이 될수록 더 심해진다고 한다. 어느 블로그 포스트를 보니 한국 노년의 자살률은 전쟁 수행 중인 현역 미군의 사망률보다 높다고 한다. 이 정도면 우리나라 노년의 삶은 전쟁터보다 더 불행하다는 말이 된다.

이상한 일이다. 그토록 행복하게 살기 위해 불행한 성장기를 감내하고 경제성장을 이뤄 주변의 가난한 국가를 무시할 정도의 여건이 되었는데 여전히 행복지수는 낮고 자살률은 높아지기만 한다. 뭐가 잘못된 걸까.

나는 어떤 삶이 행복한 삶인가에 대해 계속 고민할 수밖에 없었다. 돈과 권력만 있어서 행복한 삶이라면, 스스로 목숨을 끊는 재벌가 사람들이 나오는 것은 이해되지 않는다. 필리피노가 그렇게 행복해하는 것도 이해할 수 없는 일이다. 그러고 보면 행복에는 돈이나 권력과는 상관없는 그 무엇이 있는 게 분명한데, 그게 과연 무엇일까.

"현재를 즐겨라."

'Carpe Diem'이라는 말로 유명한 이 문장은 사실 오역이라고 한다. 카르페 디엠은 영어로 Seize the day이며, '오늘을 잡아라' 혹은 '오늘 최선을 다하라'라는 뜻이 된다. 영화 〈죽은 시인의 사회〉에서 이 문장을 '현재를 즐겨라'로 의역하면서 우리나라에선 의미가 잘못 통용되는 경향이 있다.

유래야 어떻든 간에, 현재를 즐기라는 말은 많은 의미를 품고 있다. 내가 이 말을 좋아하는 이유는, 의사라는 직업상 한 치 앞을 내다볼 수 없는 불행한 사람들을 많이 보아왔기 때문인지도 모르겠다.

잊을 수 없는 환자 이야기를 하나 해볼까 한다. 신경외과 인턴 때의 일이다.

나는 아침마다 중환자실에서 환자들의 혈액을 채취했는데, 일반적인 혈액 샘플과 달리 동맥혈 가스분석(ABGA)은 손목이나 사타구니의 동맥을 찔러 피를 뽑았다. 중환자실 환자들은 동맥혈을 하도 많이 뽑아서 혈관 상태가 좋지 못했다. 아침에 혈액 샘플을 완성해야 의국 회의 준비를 하고 수술실에 들어갈 수 있기 때문에 우리는 손목보다 난이도가 낮은 사타구니에서 동맥혈을 뽑곤 했다.

인턴으로 일한 지 20일쯤 지나자 일이 손에 익었다. 기계처럼 자동적으로 피를 뽑곤 했다. 중환자실에 길게 늘어선 침대 앞에 서서 혈액 샘플 오더가 있는지 확인하고, 환자복 허리끈을 잡아당기고 바지를 내려 동맥혈을 채취하고, 한 손으로 주사 부위를 누르면서 또 한 손으로는 혈액을 샘플 병에 담는 과정이 기계처럼 척척 진행됐다. 솔직히 환자의 성별이나 나이, 병명에 관심을 가질 여유는 없었다. 신경외과 환자는 대부분 의식이 좋지 못했다. 반응이 거의 없는 상태가 대부분이어서 이런 기계적인 혈액 채취에도 죄책감은 들지 않았다.

그날도 나는 기계적인 혈액 채취에 몰두해 있었다. 다만 늦잠을 잔 탓에 의국 회의 시간에 맞추려면 좀 빠듯했다. 나는 정신없이 오더를 확인하고 허리끈을 잡아당겨 바지를 내리고 주삿바늘을 꽂고 피를 뽑는 과정을 계속했다. 그렇게 반 정도 환자의 샘플을 끝내고 아무 생각 없이 다음 환자의 허리끈을 툭 잡아당겨 바지를 쑥 내렸다.

순간, 나는 몸이 굳어버리고 말았다. 보통 중환자실의 환자들은 속옷을 입히지 않는다. 그런데 내 눈에 분홍색의 예쁜 팬티가 보이는 게 아닌가. 뭔가 잘못되었다는 느낌이 들어 나는 멍하니 분홍 팬티를 바라보다가 스윽 눈을 돌려 환자의 얼굴을 보았다.

젊은 여자가 누워 있었다. 하얀 얼굴에 단정한 모습은 신경외과 중환자실과는 전혀 동떨어진 세상에서 온 사람 같았다. 게다가 눈을 뜬 채 천장을 응시하고 있었는데 그 표정은 내가 병원에서 엉덩이 주사를 맞을 때와 같았다. 주사에 대한 두려움과 속살을 내보였다는 약간의 수치심. 하지만 그 환자의 경우에는 수치심이 더 컸을 것이다. 젊은 남자 의사가 다가와 아무 예고도 없이 바지를 훌렁 내려버렸으니 말이다.

나는 짧은 순간에 다시 바지를 올리고 사과할까 생각했다. 아무리 모르고 한 행동이라지만 너무 무례했으니까. 몇 초 망설이던 나는 그냥 그녀의 사타구니에서 혈액을 채취했다. 원래 그래야 하는 것처럼. 내가 바지를 올리고 사과하면 어색함 때문에 오히려 그녀의 수치심이 더 커질 것만 같았다.

혈액 샘플링을 마치고 수술실에 들어갔는데 그녀의 얼굴이, 그리고 분홍 팬티의 충격이 머리에서 지워지지 않았다. 그렇게 정신 멀쩡한 사람이 왜 중환자실에 누워 있는지도 이해할 수 없었다. 수술이 다 끝난 저녁, 나는 신경외과 선배에게 물었다.

"중환자실에 젊은 여자 하나 있잖아요? 멀쩡해 보이넌데 왜 중환자실에 있어요?"

"아, 그 여자? 소뇌출혈 환자야."

마침 뷰박스에 그 환자의 사진이 걸려 있었다. 선배가 손가락으로 그녀의 뇌CT 사진을 톡톡 건드렸다. 하얀 혈종이 보였다. 상당한 크기의 출혈이었다.

"저 정도면 수술해야 하는 거 아니에요?"

"그런데 출혈에 비해 환자 상태도 괜찮고, 환자가 수술은 절대 안 하겠다고 거부해서 중환자실에서 보고 있는 거야. 괜찮을지 모르겠네. 영 불안해."

선배는 고개를 절레절레 흔들었다. 나는 그녀의 뇌CT 사진을 물끄러미 바라보다가, 내일 아침에는 꼭 사과해야겠다고 다짐했다. 시간이 좀 걸리더라도 손목에서 피를 뽑고 어제는 너무 무례한 행동을 해서 미안하다고 말할 생각이었다.

하루 일과가 끝나고 잠이 들었다. 어김없이 해는 떠올랐고, 나는 또 졸린 눈을 비비며 일어나야 했다. 대충 머리를 감고 세수를 한 다음 중환자실로 향했다. 그래, 오늘은 미안하다고 말하는 거야. 문을 열고 들어갔다.

차례대로 혈액 채취를 하고 있는데 문득 이상한 느낌이 들어 고개를 돌려보니, 그녀의 자리가 비어 있었다. 가끔 이런저런 이유로 환자의 자리가 바뀌는 경우도 있었기에 주위를 둘러보았지만 그녀는 보이지 않았다. 나는 간호사에게 물었다.

"여기 여자 환자 하나 있지 않았어요?"

"그 환자, 새벽에 갑자기 상태가 악화돼서 응급수술 들어갔어요."

날벼락 같은 말이었다. 나는 간호사의 얼굴을 멍하니 바라보았다. 선배의 예감이 적중했던 것이다.

저녁 샘플링 시간에 다시 만난 그녀는 이미 어제의 그녀가 아니었다. 머리에는 붕대가 칭칭 감겨 있었고 얼굴은 퉁퉁 부었으며, 팔과 다리에는 이런저런 약병들이 주렁주렁 매달려 있었다. 나는 그녀에게 다가갔다. 나는 아직 사과도 못했는데, 그녀는 내 사과를 들어줄 수 없는 상황이 되어버린 것이다. 그녀의 곁에서 한참 동안 말없이 서 있었다.

"아는 환자예요?"

간호사의 물음에 나는 고개를 저었다. 어떻게 설명할까 하다가 그냥 입을 다물고 말았다. 간호사는 고개를 갸우뚱하더니 하던 일을 계속했다. 차트를 보니 ABGA 처방이 있었다.

그녀의 허리끈이 눈에 들어왔다. 아마 오늘은 속옷을 입지 않고 있을 것이다. 내가 사타구니에서 혈액을 채취해도 그녀는 모를 것이다. 나는 잠시 허리끈을 바라보다가 그녀의 손을 잡았다. 손목에 바늘을 꽂고 동맥혈을 뽑았다. 새빨간 피가 주사기에 차올랐다.

'어제는 미안했어요……'

차마 말하지 못한 사과가 입안에 맴돌았다. 그녀의 손목을 알코올 솜으로 누르며, 나는 그렇게 한동안 그녀 곁에 서 있을 수밖에 없었다. 못다한 사과를 가슴에 품고, 안타까움을 마음에 담은 채.

　사과할 시간조차 허락하지 않는 것이 인생이었다. 언제 어떻게 될지 모르는 게 사람의 앞날이었다. 그날 이후 심경의 변화가 생겼던 것 같다. 언제 어떻게 될지 모르는 소중한 시간을 우리는 너무 허비하며 살고 있는 것 아닐까. 과거도 중요하고 미래도 중요하지만, 가장 소중한 건 지금이라는 사실을 깨달은 것이다.

　우리는 너무 진지하게 미래를 걱정하며 살아가는 것이 아닐까. 세상에서 가장 중요한 것은 어제도 내일도 아닌 오늘이다. 한번 지나가면 다시 돌아오지 않을 오늘, 이 시간을 너무 무의미하게 허비하고 있는 건 아닐까. 현재를 즐기자. 오늘 최선을 다하자. 앞만 바라보지 말고 지금의 나도 돌아보며 살아가야 하지 않을까. 오지 않을지도 모르는 미래의 행복을 위해 현재를 저당 잡혀 살아가는 건 뭔가 불합리해 보였다.

나는, 절대, 내 나이가 마흔 됐을 때를 상상해본 적이 없다.

나는 항상 젊었다. 적어도 내가 생각하는 이미지는 그랬다. 폐쇄적인 의과대학에서 6년간 책만 봐서 그런 건지, 감금되다시피 한 인턴, 레지던트 시절 때문인지는 모르겠지만, 나는 늘 나이에 대한 자각이 부족했다. 쉴 때에도 집에 처박혀 게임이나 하던 습성 탓이었을까. 나의 정신연령은 다섯 살 정도 느리게 걷고 있었다.

그러던 내가 어느덧 마흔을 한 발 앞둔 나이가 된 것은 큰 충격으로 다가왔다. 마흔이라니, 불혹이라니.

우리나라 인구의 수명은 여자가 84세, 남자가 77.3세라고 한다. 어림잡아 80세라고 보면, 인생의 반을 살아온 시점인 것이다. 지금까지 행복한 미래를 위해 앞만 보고 달려왔는데, 어느덧 인생이라는 마라톤의 전환점에 다다른 것이다. 살아온 날만큼 남아 있는 날도 40년밖에 없다. 그나마 60세가 넘으면 노화와 각종 질병으로 정상적인 생활을 하기 힘들 수도 있으니, 내 인생을 즐길 수 있는 시간이 얼마 남지 않았다는 위기감도 느껴졌다.

명절에 만난 친누나는 마흔이 넘어가면서 겁이 덜컥 났다고 했다. 이제는 어떻게 돈을 벌고 어떻게 성공할지를 생각하기보다, 어떻게 삶을 마무리하고 노후를 설계할지가 고민이라는 것이다. 나 역시 마찬가지였다. 돌이켜 생각해보면 어느새 그렇게 세월이 흘렀나 싶으니, 남은 40년도 금방일 것이다.

젊을 때에는 오로지 행복한 미래를 위해 내 인생을 투자했다. 중·고등학생 때는 말할 것도 없었다. 하루 종일 공부, 공부. 주말에도 도서관에서 공부. 잠도 못 자면서 공부. 대학에 와도 달라진 것은 없었다. 유급과 낙제를 면하기 위해 의과대학 6년 내내 공부. 그리고 전문의가 되기 위해 인턴, 레지던트를 하면서 내 개인적인 시간과 추억, 행복은 깡그리 무시당했다. 생각해보면 학교와 병원 외에는 기억나는 것이 별로 없다.

의대생이던 나뿐만이 아니다. 다른 과 친구들도 학점 관리를 위해 밤늦게까지 도서관에 있었고, 토익이니 토플이니 영어 점수를 높게 받으려고 학원에도 열심히 다녔다. 스펙을 쌓기 위해 외국 연수를 다녀오는 수고도 마다하지 않았다. 미래를 위해 노력하는 모습은 멋져 보였다. 하지만 마흔에 다다른 지금 정신을 차려보니 남아 있는 시간이 별로 없다. 행복하게 살기 위해 젊음을 투자했는데, 정작 행복하게 살아갈 시간이 부족한 슬픈 상황인 것이다.

한 어르신은 이렇게 말씀하셨다.

"젊을 때 고생은 사서도 한다더라. 취미? 여행? 그거야 나이 먹어서 해도 되는 거잖아."

하지만 여행도 언제 가느냐에 따라 감흥이 매우 다를 것이다. 젊은 나이에 낯선 도시를 직접 걸어 다니며 느끼는 감동과, 나이 먹어서 관절염 탓에 여행사 버스를 타고 주요 관광지만 돌아다니며 느끼는 기분은 사뭇 다르지 않을까.

나는 신혼여행으로 유럽에 다녀왔다. 결혼 준비를 하느라 피곤했을 테니 동남아 휴양지에서 푹 쉬고 오라는 충고가 많았지만, 아내도 나도 유럽 여행을 원했다. 일정 가운데 스위스 융프라우요흐 정상에 기차를 타고 올라가는 코스가 있었는데, 만년설이 쌓여 있고 해발 4000미터에 이르는 유럽의 지붕 융프라우요흐는 장관이었다. 그냥 편하게 기차 타고 올라갔다 내려올 수도 있었지만, 아내와 나는 중간에 내려 무작정 걷기 시작했다.

그때의 그 기분을 떠올리면 가슴이 벅차오른다. 기차 안에서 바라보던 풍경 속에 내가 들어와 있다는 사실만으로도 즐거웠다. 멀리 우리가 올랐던 봉우리가 보였고, 마른풀에 푹신해진 땅을 걸으며 아내와 나는 많은 이야기를 나눴다. 길이 어디인지 헷갈릴 때는 외국인에게 물어보기도 했고, 사진도 찍으면서 한참 동안 걸었다. 행복한 시간이었다.

지인이 나에게 이런 말을 한 적이 있다.

"그렇게 열심히 일만 하다가, 언제 행복하게 살래? 지금이 아니면 언제 행복할 건데?"

내가 나이 들어, 관절염이 생기고 허리가 아팠다면 아마 그 길을 걸어 내려오지 못했을 것이다. 그때 느꼈다. 행복할 수 있을 때 행복해야 하는 거구나. 행복할 준비만 하다가 정작 행복해지려 할 즈음, 우리는 생을 마감할 준비를 해야 할 지도 모른다. 미처 행복도 맛보지 못한 채 말이다.

열심히 일하는 건 좋은 일이다. 미래를 위해 자신의 청춘을 투자하는 것도 훌륭한 일이다. 하지만 그렇게 성공만을 위해 달려가는 것이 행복의 보증수표는 아닐 것이다. 인생은 그리 길지 않다. 행복할 수 있을 때 행복해야 하지 않을까.

인턴 시절, 일을 마치고 들어오면 자정이었다. 몸은 곤죽이 되었어도 바쁘게 일하는 건 좋은 일이라 생각했다. 그러면서 배우는 거라고 믿었다. 하지만 감당할 수 없을 정도로 많은 업무량이 나를 점점 옥죄어왔다. 정신도 신체도 한계치에 다다랐다. 멍하니 침대에 누워 있다 보면, 2층 침대 바닥을 이루는 합판밖에 보이지 않았다. 드넓은 하늘이 있는 세상은 온데간데없고, 손을 뻗으면 닿을 것만 같은 낮은 침대 바닥이 내 앞날 같았다. 옆자리 친구가 걸어놓았던 삐삐가 울렸다. 병동에서 호출이 온 것이다. 친구가 부스스한 모습으로 일어나며 넋두리처럼 말했다.

"죽어라 공부하고 일만 하다가 인생 끝나는 건 아닐까."

그는 가운을 집어 들고 터벅터벅 걸어 병동으로 향했다. 우리는 그저, 이 힘든 시간이 빨리 지나가기만을 바랐다.

그렇게 바쁜 생활을 보내고 전문의가 되니 겨우 숨통이 트였다. 일단 퇴근을 하면 나만의 시간이 있다는 게 얼마나 좋았는지 모른다. 하지만 직장과 환자에게서 받는 스트레스는 좀처럼 풀리지 않았다. 매일매일 이어지는 똑같은 업무의 반복. 나는 점점 지쳐가고 있었다.

심포지엄 때문에 다녀왔던 말레이시아는 내게 여행이 주는 색다른 경험이 무엇인지를 가르쳐줬다. 심포지엄을 가기 전날까지도 환자 때문에 바빠 마음의 여유가 없었다. 그 흔한 여행 책자 하나 없이 출발했다. 심포지엄이 목적이었으므로 아무 생각 없이 떠난 여행이었다.

말레이시아의 낯선 거리는 한마디로 문화적 충격이었다. 이슬람 문화를 처음 접하다 보니 신기하기만 했고, 인도·중국·동남아의 전통이 얽혀 있는 음식들은 내 호기심을 충족시켜주었다. 짧은 일정이었지만 시야가 확 넓어지는 계기가 되었다.

그날 이후 쳇바퀴 같은 일상이 힘겨울 때면 여행을 다녀오곤 했다. 아름다운 풍경이나 낯선 문화를 접하다 보면 하루하루가 똑같았던 일상을 잊을 수 있어 기분이 상쾌해지고 스트레스도 풀렸다.

다만, 문제가 좀 있었다. 휴가를 쓰는 게 여간 눈치 보이는 게 아니었다. 일 안 하고 놀러 다닌다며 뒷말이 많았다. 1년 내내 일만 한다고 효율성이 높아지는 것도 아닐 텐데, 사람들은 이해하려 하지 않았다.

미국에서 직장생활을 하다 귀국한 분과 이야기를 나누던 중에, 눈치가 보여 휴가를 길게 낼 수 없다는 말을 했더니 이해할 수 없다는 듯 고개를 저었다.

"어떻게 일만 하고 살아요?"

계약서에 명시된 휴가는 자신의 권리이기도 하지만, 업무 효율성을 높이기 위한 방법이기도 하다는 것이다. 사람이 일만 계속하다 보면 스트레스와 짜증으로 업무를 지속하기 힘드니까 휴가를 주는 것인데, 그걸 쓰지 못하게 하는 건 비합리적인 일이라고 했다. 나는 그의 말에 동감했다.

비록 자리를 비우더라도 여행을 한번 다녀오면 스트레스도 풀리고 기분도 좋아져서 더 열심히 일할 수 있었다. 예전에 딱히 취미생활이랄 게 없을 때에는 쌓인 스트레스를 그대로 품은 채 일했었다. 짜증이 나니 환자들에게 친절히 대하기도 힘들었고, 내가 인상을 쓰는 만큼 환자들도 불만을 토로했다. 그러면서 나는 더 스트레스를 받았다. 그리고 그 스트레스를 병원 직원이나 간호사에게 드러내곤 했다. 악순환이었다.

하지만 취미생활을 갖고 여행을 다니면서 한결 마음이 평온해지고 여유로워졌다. 그것을 느끼는 건 나뿐만이 아니었다. 어느 날 문득 깨달았다. 환자와의 관계에서 언성을 높이는 일이 거의 없어졌다는 것을.

"과장님, 요즘 많이 안정되신 것 같아요."

나의 짜증을 감내하던 병동 간호사가 어느 날 웃으며 나에게 이런 말을 했다. 순간 얼굴이 화끈했다. 짜증을 내던 내 모습이 떠올랐기 때문이었다.

아무리 바빠도, 가끔은 자신에게 쉴 시간을 주어야 하지 않을까. 내가 즐거워야 일도 즐거운 법이다. 내가 힘들고 스트레스에 찌들어 있는데 어떻게 환자들의 병을 고쳐줄 수 있겠는가. 내 마음이 편하고 얼굴에 웃음이 번져야 환자들의 마음도 풀어진다는 것을 몸소 경험해보니, 그동안 이 세상의 모든 고민을 혼자 짊어진 사람처럼 살아온 시간들이 후회됐다.

열심히 일하는 것은 좋은 일이다. 하지만 모든 것을 참아가며 일할 필요는 없지 않을까. 죽어라 공부하고 일만 한다고 해서 좋은 인생은 아닐 것이다. 기계도 24시간 돌리다가는 탈이 날 텐데, 하물며 사람이야 오죽하겠는가.

전문의 시험에 합격한 후 내가 느낀 성취감은 대단했다. 드디어 긴 여정의 정점을 찍었구나. 뿌듯했다. 이제 내 앞에는 행복만 펼쳐질 것이라 믿었다.

그러나 세상은 녹록지 않았다. 본격적으로 세상에 내던져진 나는 사람들과의 관계에 힘들어했다. 사교성이 없는 내게 회식은 곤혹스러웠고, 감정 표현이 미숙해 트러블을 일으키곤 했다.

같은 의사들 사이에서도 레벨 차이가 있었다. 재테크에 성공한 이도 있었고, 개원을 해서 돈을 쓸어 담는 친구도 있었다. 누구는 연봉이 얼마라더라, 누가 이번에 재규어를 샀다더라. 그런 이야기를 들을 때마다 나는 움츠러들었다. 왠지 모를 패배감이 밀려왔다.

나도 그렇게 열심히 일하며 살아야 할까. 다른 의사들은 주말 근무에 야간 근무까지 하면서 일에 매진한 결과, 지금은 꽤 잘나가는 개업의가 되었다. 한편으로는 그들의 성공이 부러웠고, 또 한편으론 그렇게까지 해야 하나 싶은 생각도 들었다.

의료봉사를 위해 몽골에 간 적이 있었다. 비록 현지에서 문제가 생겨 약품이 세관을 통과하지 못하는 바람에 의료봉사의 뜻을 이루지는 못했으나, 여유로운 몽골인의 생활을 엿볼 수 있는 시간이었다.

우리가 머물던 캠프 주변에도 유목민의 게르가 띄엄띄엄 있었다. 게르는 1.2미터 높이의 원통형 벽과 둥근 지붕을 한 몽골 유목민의 전통 가옥이다. 유목민들은 낯선 이방인인 우리를 반갑게 맞아주었다. 몽골 특유의 말젖술인 아이락을 내놓고, 직접 만든 치즈를 먹어보라며 권했다. 나는 그 집 염소젖을 짜보기도 했다. 그들은 가난했지만 얼굴에는 여유와 웃음이 가득했다. 잠시의 만남이었지만 유쾌한 경험이었다.

몽골을 떠나 한국에 도착한 후 나는 우리나라 사람들의 표정을 살펴보았다. 한결같이 무언가에 집중해 있었고 심각했다. 도대체 왜 그런 걸까.

사람들은 돈을 벌기 위해 열심히 일해야 한다고 했다. 지금은 힘들어도 돈을 많이 벌어야 행복할 수 있다고 했다. 물론 맞는 말이다. 돈이 없다고 행복하지는 않을 테니까. 하지만 지나치게 돈벌이에 집착하는 건 오히려 불행을 부르는 게 아닐까.

지인이 세상을 떴다. 간이 안 좋았다고 한다. 문제는 그가 30대의 젊은 나이였고, 돈벌이에 지나치게 매달렸다는 것이다. 그는 유명 스포츠웨어 매장을 서너 개나 운영하고 있었다. 매일 물건을 관리하고 매장을 살펴보느라 개인 시간을 가질 여유가 전혀 없었다. 매일 밤 창고에서 잠을 잘 정도로 열성적이었다. 그렇게 바쁘게 살던 그는 간 질환이 악화돼 세상을 떴다.

나로선 이해할 수 없는 삶이었다. 그렇게 세상을 뜨고 난 후, 그는 만족했을까. 살아생전 행복했다고 느꼈을까.

돈을 버는 것이 인생의 목표가 되어버린 세상이다. 돈을 벌고 성공하는 것은 인생을 행복하게 살기 위함인데, 주객이 전도되어 돈을 버는 게 인생의 목적이 되어버렸는데도 사람들은 그것을 깨닫지 못한다. 문득 지인이 했던 말이 떠오른다.

"그렇게 돈 벌면 뭐해. 그 돈 들고 무덤까지 갈 거냐?"

인생은 어떻게 될지 아무도 모른다. 그렇기에 열심히 돈을 벌어 노후를 대비하는 것이겠지만, 노후를 위해 지금의 청춘을 모두 희생해야 하는 것일까? 나는 지금의 삶도 중요하다고 생각한다.

어느 리서치에서, 대표적인 고액 연봉자라는 의사의 직업 만족도는 44위를 차지했다. 애널리스트는 100위였다. 이것만으로도 연봉과 행복은 정비례하지 않음을 여실히 알 수 있다.

UN 보고서에 의하면, 약 5700만원을 소유한 사람은 세계에서 가장 부유한 10퍼센트에 들어간다고 한다. 약 4억 7000만원 이상을 갖고 있으면 세계 1퍼센트 부자에 속한다. 전 세계 인구를 기준으로 했을 때, 우리는 풍족하게 살아가는지도 모른다. 그럼에도 불구하고 세계 1퍼센트 부자 안에 들기 위해 모든 행복을 뿌리치며 달려가고 있는 것은 아닐까.

행복을 위해 돈을 버는 것은 중요하다. 하지만 잊지 말아야 할 점은, 행복하기 위해 돈을 버는 것인지, 돈을 벌기 위해 돈을 버는 것인지를 구분하는 것이 아닐까. 행복은 성공 순도 아니고, 재산 순도 아닌 것 같다. 행복하다고 느끼면 그것만으로도 행복한 것이 아닐까.

그가 떠난 후 나는, 일할 때는 열심히 일하되 쉴 때도 푹 쉬어야겠다고 생각했다. 돈만 벌다 죽지는 말자. 그건 너무 슬픈 일 아닌가.

아는 개원의 선생님으로부터 연락이 왔다. 일본 여행에 대해 물어보셨다. 내가 여행을 좋아하는 걸 알고 있기에 도움을 받고 싶다고 했다.

이야기를 나누다 깜짝 놀랄 만한 사실을 알게 됐다. 개업 3년 차인데, 이번이 처음 떠나는 휴가라고 했다. 그동안 매일 저녁 9시까지 야간 진료를 했고, 쉬는 날은 일요일 딱 하루라 했다. 개원 후 단 한 번도 멀리 여행을 가본 적이 없었는데 이번엔 명절 휴일에 덧붙여 4박 5일 정도 여행을 다녀올 계획이라고 했다.

그렇게 열심히 일한 덕분인지, 병원은 꽤 잘됐다. 환자가 많다는 말에 '돈 많이 벌겠구나' 싶어 부럽다가도, 고개를 절레절레 저었다. 나로서는 견디기 힘든 조건이기 때문이었다. 아침에 일어나 출근하면 저녁 9시까지 진료하고 집에 돌아와 씻고 나면 곧바로 잠들 시간이다. 그렇게 쳇바퀴 같은 생활을 3년이나 했다니. 그리고 앞으로도 그럴 계획이라니.

사람마다 삶의 목표가 있을 것이다. 성공이 삶의 목표라면 그분처럼 하루 종일 일하는 것만으로도 행복할 것이다. 하지만 성공이란 것은 대부분 행복하게 살기 위한 도구일 뿐이다. 성공한 자산가가 되어 돈은 많이 벌었는데 정작 그걸 쓸 시간이 없다면 행복한 걸까? 나는 고개를 갸우뚱하게 된다.

지인 세 분이 암에 걸려 세상을 떴다. 그중 한 분은 30대였다. 매우 열정적이었고 빠르게 진급하며 승승장구했다. 스트레스를 받아가면서 열심히 일했지만, 그 스트레스 때문인지 병원에 갔을 때에는 이미 위암 말기였다. 그 이야기를 들은 친구가 이렇게 말했다.

"그러고 보면 성공한다고 해서 꼭 행복한 건 아냐."

사람들은 성공을 향해 맹목적으로 달려간다. 저 산 위에 놓인 성공이라는 깃발만 붙잡으면 모든 게 해결될 것이라 믿는다. 산에 오르면서 무릎이 까지든 손바닥에 물집이 잡히든 개의치 않는다. 다른 사람을 짓밟고 오르는 짓도 서슴지 않는다. 이미 성공한 사람들은 위에서 소리 지른다. 너도 할 수 있어! 나처럼 성공할 수 있어! 사람들은 조금이라도 뒤처질까 봐 경황없이 주위를 두리번거린다. 이쪽 길이 지름길이래! 우르르 몰려든다. 온통 가시밭길인데도 아랑곳하지 않는다. 바위가 무너지고 누군가가 굴러 떨어져도 신경

쓰지 않는다. 그리고 온몸이 피투성이가 되어 깃발을 부여잡은 그는 만세를 부른다.

나는 그에게 묻고 싶다. 행복하냐고, 그렇게 피 흘리고 가시에 박혀 살아온 그 길이 행복했느냐고.

'반드시 성공할 필요는 없다.'

나는 이 말을 항상 가슴 깊이 새기고 다닌다. 성공이라는 것은 행복하기 위해서인데, 그 성공을 위한 길이 너무 힘겹다면 과연 행복할 수 있을까? 성공하지 않아도 행복하다면 굳이 성공할 필요는 없을 것이다.

남들이 아무리 좋은 길이라 가르쳐줘도, 내가 걸어보니 힘겹다면 꼭 그 길로 갈 필요는 없다. 이 세상에 길이 하나인 것도 아닌데 그 길이 꼭 옳다는 보장이 어디 있는가. 그 길이 옳다고 말한 사람도, 미처 다른 길을 가보지 않아서 모를 수도 있다.

성공 그 자체가 인생의 목적이라면 어쩔 수 없다. 하지만 행복하게 살기 위해 성공하고자 하는 것이라면 생각을 바꿔볼 필요가 있다. 행복하기 위한 방법은 수만 가지가 넘는데, 꼭 성공에만 집착해야 할 필요가 있을까? 오히려 성공으로 가는 가시밭길 때문에 더 불행해지는 건 아닐까?

행복하게 살고 싶다면, 반드시 성공할 필요는 없다.

NASA에서보다 지금이 더 행복합니다

대학교 2학년 때 일이다. 컴퓨터 운영 체제가 도스에서 윈도우로 넘어가던 시기였고 사람들은 컴퓨터 사용을 낯설어했다. '의학과 컴퓨터'라는 과목을 듣던 중, 교수님께서 파워포인트라는 프로그램으로 프레젠테이션 파일을 만들어오라는 과제를 내주셨다. 지금이야 누구나 사용하는 프로그램이지만 투명 OHP 필름과 슬라이드 프로젝터로 강의하던 당시에는 낯선 것이었다. 나를 포함한 몇 명만 사용법을 알고 있었다.

수업 시작 두 시간 전이 되도록 친구들은 과제를 만들지 않고 있었다. 하기 싫어서 안 하는 게 아니라 할 줄 몰라서 못하는 것이었다. 다들 과제를 포기하는 분위기였다. 내가 학교 컴퓨터실에서 파워포인트로 과제 만드는 것을 본 친구가 덥석 내게 매달렸다.

"야, 너 이거 잘하는구나? 내가 밥 살 테니까 내 것도 하나만 만들어줘!"

자기는 하루 종일 해도 안 되므로 내가 조금만 짜깁기를 하면 10분 안에 뚝딱 만들어낼 테니, 대신 해달라는 것이었다. 친한 친구의 부탁인 데다 학점과 상관없는 과제여서 들어주지 않을 수 없었다. 승낙을 하자 친구들이 우르르 몰려왔다. 나도 해줘, 내 것도 해줘! 순식간에 스무 명이 넘게 줄을 섰다. 곤란했다. 누구는 해주고 누구는 안 해주냐는 불평들이 쏟아져 나왔고, 나는 꼼짝없이 스무 개의 프레젠테이션 자료를 만들어야 하는 상황이 됐다. 어차피 내가 만들어주지 않으면 아예 과제를 내지 않을 녀석들이었다. 나는 마지못해 승낙했고 친구들은 환호성을 지르며 잘 부탁한다는 말과 함께 밖으로 몰려나갔다.

컴퓨터실에 혼자 앉아 자료를 만들기 시작했다. 그리 어려운 일은 아니었다. 몇 개의 표본을 만든 뒤 적당히 문장을 배열하고 배경과 글씨체를 바꾸면 되었다. 하지만 열 개가 넘어가면서 점점 지겹기도 하고 모두 비슷비슷하게 느껴질 뿐 아니라, 귀찮아지기도 했다. 플로피디스크에 완성된 프레젠테이션 파일을 복사해서 나눠주고 또 짜깁기를 하고 배경을 바꾸고 글씨체를 변경하고……. 모니터를 계속 바라봤더니 눈이 따끔따끔하고 뒷목이 땅겼다. 밖에서 친구들이 농구를 하며 즐거워하는 소리에 갑자기 짜증이 확 밀려왔다. 나는 왜 이 짓을 하고 있는 걸까.

스무 개가 넘는 자료를 두 시간 안에 만들어야 한다는 압박감과 친구들의 기대에 부응해야 한다는 부담감이 나를 괴롭혔다. 그렇게 힘겨워하는 내 뒤통수로 결정적인 고함 소리가 들려왔다.

"아, 이게 뭐야! 내 건 왜 이렇게 개판으로 만들었어!"

순간 컴퓨터실에 흐르는 고요함. 나는 그 말이 내가 만들어준 프레젠테이션 파일에 대한 불평이라는 것을 깨달았다. 내가 컴퓨터실에 없는 줄 알고 다른 컴퓨터에서 그것을 켜본 친구가 버럭 소리를 질렀는데, 소리를 지른 후에야 컴퓨터실 구석에서 아직도 자료를 만들고 있는 나를 알아챈 것이었다.

정적과 함께 등 뒤로 쏟아지는 당황스러운 시선들을 느낄 수 있었다. 나는 키보드에 손을 올려놓은 채 꼼짝하지 못했다. 뒤돌아서서 화를 내기에는 너무 늦었다. 그렇다고 웃으면서 넘기기엔 그 정적이 너무 고요했다. 소리를 질렀던 친구 녀석은 후다닥 밖으로 도망쳤고 잠시 모니터를 바라보던 나는 말없이 키보드를 두드렸다. 머릿속이 혼란스러웠다. 내가 왜 이걸 만들고 있지? 왜 밖에서 친구들과 뛰어놀 수 없는 거지? 내가 왜 욕을 먹은 거지? 이유는 단 한 가지였다. 내가 파워포인트를 잘하기 때문에.

내가 컴퓨터에 흥미를 잃기 시작한 것도 그즈음이었던 것 같다. 컴퓨터에 관한 이런저런 부탁과 기대가 힘겨워진 나는 컴퓨터 공부를 접었다. 지금은 남들처럼 인터넷 서핑이나 하고 워드프로세서나 사용하는, 그런 평범한 사람이 되어버렸다.

아이큐 210의 천재 김웅용 씨를 기억하는 사람이 있을까. 다섯 살에 4개 국어를 하고 여덟 살 때 콜로라도 주립대학에 입학하여

열여섯 살까지 미 항공우주국(NASA)에서 선임연구원으로 일했던 천재 김웅용 씨. 그는 지금 무얼 하고 있을까? 열여섯 살에 미국 생활을 청산하고 귀국, 검정고시를 통해 충북대학교에 입학하여 현재 충북개발공사에서 일하고 있다.

그에 대한 평가는 '실패한 천재'였다. 천재의 세계에 적응하지 못한 실패자. 사람들은 그에게 손가락질했다. 하지만 그는 최근 모 방송사와의 인터뷰에서 이렇게 말했다.

"NASA에서 일하던 때보다 지금이 훨씬 행복합니다."

천재성 때문에 강요된 연구를 하는 것보다 자신이 하고 싶은 일을 하는 지금이 더 행복하다는 것이다. 맞는 말이다. 물론 그 재능을 좋은 곳에 쓴다면 남에게 더 이로운 일을 할 수 있었을 텐데 하는 아쉬움은 남는다.

그러나 남의 기대와 이득을 위해 그의 행복을 희생하도록 강요할 수는 없다. 나는 모두의 행복을 위해 한 사람이 희생해야 한다는 논리를 인정할 수 없다. 그 과정이 고통스러운데도 그것을 감내하라고 강요해서는 안 된다.

나는 김웅용 씨만큼 대단한 사람이 아니다. 컴퓨터를 다루는 실력도 그저 남들보다 조금 나았을 뿐, 대단한 것이 아니었다. 그럼에도 불구하고 내가 주변에서 받는 스트레스는 상당했다. 원치 않은 일에 이리저리 불려가는 것도 힘들었다. 하물며 김웅용 씨는 어떠했을까.

김웅용 씨의 천재성은 아깝지만 그렇다고 해서 하고 싶지도 않

은 연구를 NASA에서 지속하라고 강요할 권리는 아무에게도 없
다. 기대에 부응한다면 감사할 따름이고, 그렇지 못하다 해도 비난
해서는 안 된다. 누구나 행복으로 가는 길을 선택할 권리가 있기
때문이다.

일본의 유명 팬시 캐릭터 중에 '리락쿠마'라는 것이 있다. 귀여운 곰돌이인데, 우리가 흔히 알고 있는 곰돌이 캐릭터와는 사뭇 다르다. 곰돌이 푸우처럼 항상 즐거운 미소를 짓고 있는 것이 아니라 에에~ 하고 말하는 듯 오묘한 표정을 지으면서 멍하니 앉아 있거나 바닥을 뒹굴거나 팬케이크를 먹는 것이 일상의 대부분이다. 잠자기와 온천욕이 취미라는 사상 최강의 귀차니즘 캐릭터 리락쿠마 이야기는 일본에서 100만 부 넘게 판매되었으며 인형, 노트, 머그컵, 방석에 이르기까지 엄청난 인기몰이를 하고 있다. 일본을 여행하다 보면 곳곳에서 리락쿠마를 발견할 수 있다.

100만 부가 넘게 팔린 리락쿠마 시리즈에는 사실 별 내용도 없다. 그저 리락쿠마의 빈둥거리는 일상만 있을 뿐. '될 대로 되라지'라든가, '뭔가 잃어버렸으면 다시 찾으면 돼' 같은, 얼핏 무책임해 보이는 말들로 가득 차 있다. 그런데 사람들은 왜 삶에 전혀 도움이 안 될 것 같은 리락쿠마의 이야기에 열광하는 것일까.

개그 프로그램에서 의사의 행동을 풍자한 적이 있다. 어떤 환자가 들어오든 의사는 똑같이 "술 담배 하지 마시고, 스트레스 피하고, 처방전 받아가세요"라고 말한다는 것이다. 피식 웃기는 했지만 나도 진료실에서 스트레스 피하시라는 말을 자주 하는 편이라 마냥 개그로 받아들여지지만은 않았다.

우리는 너무 많은 스트레스 속에 살아가고 있다. 인생이란 스트레스의 연속이 아닐까 싶을 정도다. 초등학생이 되기 전부터 피아노 학원이니 영어 놀이방이니 여기저기 끌려다니기 일쑤다. 중학생이 되면 시험 성적 때문에 고민하고, 때마침 불어온 사춘기에 마음 둘 곳 없어 방황한다. 고등학생의 입시 스트레스는 더 말할 필요도 없다.

대학에 합격하면 모든 스트레스가 사라질까? 천만의 말씀이다. 사랑이 어디 그리 쉽더냐. 짝사랑하던 사람으로부터 거절이라도 당하면 정말 세상 살기 싫어진다. 취직하려면 학점 관리도 해야 하고 요즘 필수라는 영어 공부에 해외 어학연수도 다녀와야 한다. 학점 좋고 영어 잘한다고 해서 곧바로 취직이 되는 것도 아니다. 여기저기 원서를 넣고 면접을 봤는데 취직이 안 되면 그야말로 미치고 팔짝 뛸 일이다. 내가 여기에 취직하려고 몇 년을 고생했는데!

스트레스가 안 쌓일 수가 없다.

또 취직이 되었다 치자. 일은 너무 많고 동료는 뺀질거리며 전혀 도와주지 않는다. 상사는 하는 일도 없으면서 구박이나 하고, 일이 바빠 야근에 주말까지 일해야 한다. 갖고 싶은 옷과 구두는 넘쳐나는데 월말이면 카드 값 빠져나간 통장 잔고는 휑하니 비어 있고 그 와중에 누가 차라도 긁고 도망쳤다면 정신적 공황 상태에서 중얼거리게 된다.

꿈은 높은데 현실은 시궁창이야.

이쯤 되면 현실에서 도피하고 싶어진다. 마치 리락쿠마처럼. 내일 일은 내일 걱정하고 그냥 방바닥에서 뒹굴고 싶다. 빈 통장 잔고와 긁힌 차는 잊어버리고 느긋하게 온천욕이나 하고 싶다. 하지만 현실은 나를 놓아주지 않는다. 오늘 안으로 끝내야 하는 일이 있고, 상사는 여전히 신경질을 부리고, 다음 달 카드 값은 어떻게 메워야 할지 걱정이다.

리락쿠마는 그래서 인기가 많았던 것이 아닐까. 나는 지금 너무 바빠서 그렇게 할 수 없지만, 리락쿠마를 보며 마음의 위안을 삼고 싶었던 것이다. 리락쿠마의 여유롭고 대책 없는 생활에 대리만족을 느낀 것이다. 마음만큼은 리락쿠마처럼 하루 종일 온천욕하고 케이크나 먹으며 뒹굴고 싶었던 거다.

열심히 사는 것도 중요하고, 앞으로 나아가는 것도 중요하다. 하지만 더 중요한 것은 우리가 행복을 향해 나아간다는 사실을 잊지 않는 것이다. 달려가는 데 심취해서 스트레스가 쌓이는 것도 모른 채 앞만 보고 뛰어간다면 언젠가 행복과는 동떨어진 어두운 곳에서 아파하는 자신을 발견하게 될지도 모른다. 스트레스를 풀지 않으면 행복해질 수 없다. 행복해지려고 달려가면서 스트레스를 받으면 어쩌자는 건가.

나는 가끔씩 쉬기로 했다. 너무 힘들어 모든 걸 놓아버리고 싶을 때면, 그냥 '될 대로 되라지' 하며 드러눕곤 했다. 꼭 당장 해야 할 일이 아니라면 대책 없이 내일로 미루기도 했다. 글쓰기가 짐이 될 때에는 며칠씩 글을 멀리했고, 스트레스가 머리끝까지 차오르는 날은 그냥 멍하니 침대에 누워 있었다. 열심히 사는 것도 중요하지만, 행복하기 위해 사는 삶이 너무 힘겹다면 그것도 문제가 있다. 항상 최고가 될 필요도, 항상 완벽할 필요도 없다.

"일을 망쳤어? 다시 하면 돼."

가끔은 리락쿠마처럼 뒹굴어보자.

돈 안 되는 취미를 즐겨라

왜 그렇게 한국에서 인기 있는지 이해되지 않는 취미가 몇 있는데, 그중 하나가 골프다. 일단 골프 자체가 쉽게 배울 수 없는 운동이다. 자세를 제대로 배워 풀스윙까지 하려면 적어도 한두 달은 걸리고, 자기가 원하는 대로 공을 치려면 한두 해 연습으로도 부족하다. 골프장에 가는 것도 어렵다. 값비싼 회원권을 사야 하고, 주말에는 부킹 예약이 밀려 동이 터오는 새벽에 가야 할 경우도 생긴다. 골프장 이용료도 만만치 않다. 한 번 골프장에 다녀오려면 보통 20만원 정도의 예산을 생각해야 한다.

그럼에도 불구하고 골프가 인기 있는 이유는, 아마 골프의 매력 때문일 것이다. 시원스레 날아가는 공을 바라보는 것, 드넓은 잔디를 걷는 것 모두 골퍼만이 느낄 수 있는 상쾌함이다. 하지만 다른 이유도 있다. 골프를 배우는 사람들의 상당수가 '비즈니스'와 '친목'을 떠올린다. 사람을 만나고 이야기하기에 골프만큼 좋은 것이 없단다. 제사보다 젯밥에 관심이 있는 것이다.

영어 공부도 마찬가지다. 취미로 영어 회화 공부를 하는 사람들이 많은데, 외국인과 이야기하는 게 즐거워서 그렇다면 상관없겠지만 스펙과 커리어를 위해 억지로 공부하는 사람이 꽤 있다. 그것도 스트레스 받으면서 말이다. 이런 걸 취미라고 할 수 있을까.

내가 새로운 취미를 찾아다닐 즈음 들었던 말 중에 잊을 수 없는 것이 바로 '돈 안 되는 취미를 즐겨라'였다. 취미는 모두 돈이 안 되는 거 아닌가 싶어 물었더니, 직업적인 혹은 금전적인 목적과 전혀 상관없는 취미를 하는 것이 더 즐겁고 스트레스가 풀린다는 것이었다. 돈도 안 되는 취미인데 열심히 한다면, 그건 정말 취미 자체가 좋아서 하는 것이라는 뜻이다. 취미라는 것이 업무로 인한 스트레스를 풀기 위해 하는 것인데, 취미가 업무의 연장이 된다면 그건 말이 안 되는 것이다.

난 그 후로 당당히 골프를 그만두었다. 친구들은 조금만 더 연습하면 골프가 재미있어질 거라며 말렸지만, 나는 아직 순수하게 골프를 취미로 받아들일 준비가 되어 있지 않았다. 내가 좋아하는 스노보드를 타고 여행하는 것이 훨씬 내 마음을 편안하게 해줬다.

정성 들여 플라모델을 도색하는 사람, 애니메이션 설정을 파고드는 이, 몇 시간씩 스노슈(snowshoe)를 신고 눈이 허리까지 차오르는 산을 올라가 백컨트리 스키를 타는 사람들, 록 음악에 빠진

마니아 등 자신의 직업과 상관없는 취미를 가졌다면, 그 취미는 정말로 '즐거워서' 하는 것이다. 고상해 보이기 위해 좋아하지도 않는 클래식 음악을 듣고, 취업을 위해 영어를 배우고, 살을 빼기 위해 운동하는 것은 진정 즐거운 취미가 아니다. 그것은 오히려 인생을 행복하게 하는 데 방해가 될 수 있다.

취미는 그 자체로 지친 내 영혼을 달래줄 수 있어야 한다. 취미를 도구로 삼다 보면 정작 중요한 것을 놓치게 되지 않을까. 돈 안 되는 취미를 즐겨보자. 그 순간 짜릿한 행복이 느껴질지도 모르니까.

그때로 돌아갔으면 좋겠다

인턴 시절, 응급실에서 그를 처음 만났다. 수술 환자가 있다는 말에 응급실로 내려갔고, 침대에 누워 있는 그를 보았다. 제일 먼저 눈에 들어온 것은 산산이 부서진 다리였다. 그의 다리를 살펴보던 응급의학과 레지던트도 절레절레 고개를 저었다. 차트를 보니 오토바이 사고였다. 그는 군인이었다.

"100일 휴가 나와서 친구랑 오토바이 타다 사고가 났다는데, 너무 심하게 부서져서 어떻게 손도 못 대겠네."

응급의학과 레지던트는 대충이라도 뼈를 맞춰놓으려 했지만 수십 개로 조각난 뼈를 맞추는 것은 불가능했다. 결국 공은 정형외과로 넘어갔다. 으스러져 잘 닫히지도 않는 피부를 와이어로 고정한 채, 그는 수술방으로 옮겨졌다.

수술하기 위해 옷을 갈아입고 들어가보니, 뼈의 상태가 너무 안 좋았다. 아니, 문제는 뼈보다 살이었다. 사고가 나면서 바닥에 완전히 긁혔는지 아니면 흙바닥에 처박혔는지 모르지만, 근육에 모래 가루가 잔뜩 박혀 있었다. 정형외과 레지던트가 인상을 찌푸리며 한숨을 내쉬었다.

"일단 할 수 있는 데까지 해보자."

식염수를 들이부어 모래를 닦아냈지만 근육에 촘촘히 박힌 모래 가루들은 빠져나올 기미조차 없었다. 손으로 긁어내려 해도 소용이 없었다. 빨간 근육에 박혀 있는 모래들이 금가루처럼 수술방 조명에 빛났다. 뼈도 조각을 맞출 수 없을 정도로 산산조각 나서 어찌할 수가 없었다. 일단 최대한 맞출 수 있는 것만 맞추고 봉합했다.

환자의 상처 소독은 레지던트의 업무라서 인턴인 나는 수술 후 그를 만날 수 없었다. 내 일만으로도 바빴기 때문에 그에 대한 연민은 뒷전이었다. 다시 그를 만난 것 역시 수술실에서였다. 지난번 수술했던 곳에 염증이 생겨 재수술을 한다고 했다. 상처를 열어보니 근육에서 반짝이던 모래 가루들이 독이 되어 그의 살을 파먹고 있었다. 괴사가 진행된 곳은 거무죽죽하게 빛을 잃었다. 정형외과 선배가 죽은 근육들을 제거했다. 이미 기능이 돌아오기에는 늦어버렸다. 걷는 일조차 힘들 것이다. 저 다리는 앞으로 어떻게 될까.

며칠 후, 병동을 지나다가 아주머니들이 나누는 이야기를 듣게 되었다. 듣다 보니 그 환자에 관한 내용 같았다.

"그러기에 왜 그렇게 위험한 오토바이를 타고 나가서……."

아주머니 한 분이 손으로 눈물을 훔치고 있었다. 환자의 어머니일까. 그녀가 떨리는 목소리로 이야기했다.

"그날 나갈 때만 해도 정말 건강했는데…… 이젠 그때가 꿈인 것 같아요. 그때는 아무 걱정 없었는데…… 정말 다른 건 바라지 않고, 그때로 돌아갔으면 좋겠어요."

이야기를 듣고 있으려니 가슴이 먹먹해져서 자리를 피했다. 내 마음도 그랬다. 사고가 나기 전으로 돌아가면 얼마나 좋을까. 단지 사고가 났을 뿐인데, 그 사람은 너무 불행한 삶을 살아갈 운명에 놓인 것이다. 아프다는 것은 참 슬픈 일이다.

반대로 생각해보면, 몸이 건강하다는 것만으로도 우리는 행복한 삶을 살고 있는 게 아닌가 싶다. 나는 가끔 그런 생각을 한다. 내가 다리를 못 쓰게 된다면 어떨까? 모든 활동에 제약이 생긴다. 지하철 타는 것도, 버스를 타는 것도 전쟁일 것이다. 누군가의 도움을 받지 않으면 살아가기 힘들 것이다.

팔을 못 쓰게 돼도 삶은 힘겨워진다. 하다못해 지갑에서 돈을 꺼내는 것도 한 손으로는 힘들다. 글을 쓰는 것도 어렵고 게임조차 할 수 없다.

병원에서 근무하다 보니, 아픈 사람들을 많이 만나게 된다. 40대 가장이 뇌종양을 앓고, 중학교 3학년 여자아이가 뇌졸중으로 실려 오는 것도 봤다. 뇌수막염을 앓은 후 간질이 낫지 않아 가정이 파탄 나는 경우도 있었다. 건강한 것은, 그것만으로도 행복한 일이다.

행복이 무엇인가에 대해 오랫동안 고민했다. 그리고 조금씩 깨달아갔다. 어쩌면 행복은 그리 멀리 있지 않은 것이 아닐까. 특별히 무언가가 있어서 행복한 것이 아니라, 그저 건강하다는 것만으로도, 잃은 게 없다는 것만으로도 행복한 것이 아닐까. 그를 보며 나는 행복의 실마리 하나를 찾은 듯싶었다. 그 실마리가 그에게는 큰 불행이었지만 말이다.

내가 그를 마지막으로 만났던 것 역시 수술실이었다. 그 후에는 다른 과 인턴으로 바뀌었기 때문에 그를 보지 못했다. 그날의 수술은 다리 근육의 염증이 너무 악화되어 살릴 수 없다는 판단하에 그의 다리를 절단하는 것이었다.

오렌지 향을 느끼고 싶은가 봐요

애애애앵. 신경을 거슬리게 하는 날갯짓 소리가 귓가에서 맴돌았다. 멀어지는 듯하다가 다가오고, 사라지는가 하면 어느새 다시 귓가에 있었다. 막 잠들 무렵이던 나는 저절로 미간에 주름이 잡혔다. 파리 한 마리가 아까부터 괴롭히고 있었다.

저러다 가겠지 하는 마음에 계속 잠을 청했지만 파리의 앵앵거림은 수면의 경계에서 머뭇거리는 나의 의식을 자극했다. 결국 참지 못하고 손을 내저어 파리를 쫓아냈다. 놈은 어디론가 떠나가는 듯했지만 그것도 잠시, 다시 귓가에 와서 춤을 췄다. 애애애앵, 애애애앵.

아무리 손을 내저어도 내 귀에 꿀이라도 발라놨는지 떠날 생각을 하지 않았다. 앵앵거림이 사라지더니 뺨이 간질거리기 시작했다. 얼굴에 착륙해 정찰을 시작했던 것이다. 뿔뿔뿔 기어 다니는 파리의 다리가 촉각 신경을 통해 세밀하게 느껴졌고, 결국 나는 폭발하고 말았다.

"아! 제발 잠 좀 자자!"

벌떡 일어나 베개를 휘저어 때려보려 했지만, 파리는 능숙하게 허공을 날아 도망갔다. 이 정도면 겁먹었겠지. 다시 침대에 털썩 누웠다. 잠이 들락 말락 하는데 또다시 애앵 소리가 났다. 잊지 않고 또 찾아온 것이다. 참았다. 그냥 가라. 제발 그냥 가라. 놈은 제 집 마당인 양 내 얼굴을 거닐었다. 또 벌떡 일어나 손을 휘둘러댔다. 하지만 파리는 생각보다 빨랐고, 나는 미친놈처럼 허공에서 춤을 추었다.

한참을 날뛰다 보니 이마에 땀이 송송 맺혔다. 깊이 숨을 내쉬며 의자에 털썩 앉았다.

"안 자! 안 자고 만다!"

신경질을 내며 컴퓨터 전원을 켰다. 역습을 가하려고 호시탐탐 기회를 노렸지만 놈은 이제 싫증이 났는지 더 이상 나를 괴롭히지 않았다.

영화에서 비슷한 장면을 본 적이 있다. 〈내 사랑 내 곁에〉를 보면 사지 마비 환자가 얼굴에 붙은 모기를 쫓아내지 못해 괴로워하는 장면이 나온다. 호평과 악평이 엇갈렸지만 나는 이 영화에 후한 점수를 주고 싶다. 내가 진료하는 환자들의 모습을 그대로 담고 있었기 때문이다.

잃기 전에는 소중함을 잊고 사는 경우가 많다. 아프기 전에는 건강의 소중함을 모르고, 다리를 다치기 전에는 뛰어다닌다는 것이 얼마나 행복한지 알지 못한다. 파리가 얼굴에 붙었을 때 건강한 사람은 손을 휘저어 쫓아낼 수 있다. 하지만 사지 마비가 된 사람은 그러지 못한다. 루게릭 환자는 두말할 것도 없다.

일반인에게는 루게릭이라는 병이 낯설지 모르지만, 나는 과 특성상 루게릭 환자들을 자주 보는 편이다. 정확한 명칭은 ALS(amyotrophic lateral sclerosis, 근위축성측색경화증)다.

루게릭병은 루게릭이라는 의사가 발견해서가 아니라, 환자의 이름을 딴 것이다. 뉴욕 양키스에 루 게릭(Lou Gehrig)이라는 전설적인 타자가 있었는데, 어느 날인가부터 온몸에 힘이 빠지기 시작했다. 결국 은퇴했는데 알고 보니 그의 병명이 ALS였던 것이다. 그때부터 루게릭병으로 부르기 시작했다고 한다.

운동선수에게 근육 질환이 생긴다는 것은 얼마나 불행한 일인가. 목 아래쪽의 근육은 점점 마비되어 결국엔 숨도 쉴 수 없고 인공호흡기에 의존하지 않으면 생명조차 유지할 수 없지만, 목 위쪽의 기능은 거의 정상에 가깝게 보존되는, 형벌과도 같은 질환이다.

그들의 삶은 영화처럼 기구하다. 정신은 온전한데 사지를 못 움직이는 그 답답함을 말로 표현할 수 있을까.

대학병원 레지던트로 근무하던 시절의 ALS 환자가 기억난다. 그녀는 몇 년 동안 병원에서 인공호흡기에 의지해 살아가고 있었다. 기관절개술을 받아 말을 할 수 없었고 유일한 의사소통 방법은 표정과 눈 깜박임뿐이었다. 음식을 삼키기 힘들어 흔히 코줄이라 부르는 경비위관(Levin tube)을 통해 음식을 위로 직접 투입하고 있었다.

의사소통이 불가능하다는 것은 안타까운 일이다. 어느 날 회진을 가보니 환자가 눈물을 흘리고 있었다. 도대체 왜 그러나 싶어 살펴봤더니, 손가락 끝에서 피가 나고 있었다.

"어? 여기 왜 피가 나지?"

알고 봤더니 환자의 어머니가 손톱을 깎고 있었는데, 눈이 침침해서 잘 안 보이셨던 것이다. 그래서 손톱을 자른다는 게 그만 손가락 끝의 살도 조금 베어냈던 것이다.

다행히 피부만 살짝 잘려나간 정도여서 소독을 하고 거즈를 붙여줬다. 그때까지도 환자는 서럽게 울고 있었다. 나는 환자의 손을 토닥거리며 말했다.

"상처 치료했으니까 이제 괜찮을 거예요. 울지 마세요."

그제야 환자는 울음을 그치고 미소를 지었다. 자기 손에서 살점이 떨어져나갔는지도 확인할 수 없는 것이 바로 루게릭병이다.

어느 날, 나는 간호사가 그녀의 코줄로 오렌지 주스를 주는 장면을 보게 되었다. 예전부터 환자가 원하면 음료수 같은 것을 줘도 된다고 했지만, 그날따라 오렌지 주스를 주느니 차라리 기본 식이를 늘리는 것이 낫지 않을까 싶었던 것이다. 나는 환자가 배고파하거나 식이를 더 원하지 않느냐고 물었지만 간호사는 고개를 저었다. 그런 것은 아니고 꼭 오렌지 주스를 원한다는 것이었다.

"꼭 오렌지 주스여야 한다고요?"

"네."

"어차피 코줄로 들어가기 때문에 맛도 못 느낄 텐데요."

"아마 오렌지 주스가 들어간 다음에 트림으로 올라오는 오렌지 향을 느끼고 싶은가 봐요."

간호사의 말에 큰 충격을 받았다. 그때까지 나는 그 환자를 '치료 대상'으로만 생각했던 것이다. 그저 식이를 늘릴지 줄일지, 체중이 느는지 줄어드는지에만 관심이 있었다. 우리는 매일 아무렇지도 않게 마시는 오렌지 주스. 그 주스 한 방울조차 마실 수 없어 트림으로 넘어오는 오렌지 향이라도 느껴보고 싶어 했던 애절함이 나를 깊은 반성으로 이끌었다.

그 후 환자를 대하는 나의 태도에 약간의 변화가 있었음은 당연하다. 비록 대화가 가능하지 않다 해도 말 한마디 더 해주고 손 한 번 더 잡아주곤 했다. 나에게는 수많은 환자 중 한 명과의 회진 시간이지만, 그녀에게는 그 시간이 무료하고 변화 없는 하루의 일과 중 정말 기다렸던 시간일지도 모르니까.

숨을 쉬는 것, 음식을 맛보는 것, 우리는 전혀 감흥을 느끼지 못하는 것들을 너무나 애타게 그리워하는 사람들이 있다. 그런가 하면 풍요로운 환경에서 지내면서도 그 고마움을 모르고 투정만 부리는 사람도 있다. 자신이 누리는 것 작은 하나만 사라져도 대단히 괴로울 텐데, 모든 것을 가지고 있으면서도 불행하다고 말하는 이들이 너무 많다. 이 모든 것들을 누리는 우리는 '과행복(過幸福)'의 시대에 살고 있는 것이 아닐까. 그래서 행복을 더 이상 깨닫지 못하는 것이 아닐까.

요즘 사람들이 먹고 마시고 입는 문화적 혜택은 예전 황제들이 누리던 것에 비해 조금도 수준이 떨어지지 않는다는 글을 읽은 적이 있다. 황제들이 귀하게 여기던 향신료나 외국의 과일들도 우리는 아무렇지 않게 마트에서 구입할 수 있다. 황제에 버금가는 생활을 누리면서 왜 그만큼 행복하다고 느끼지 못하는 것일까.

아마도 행복이란 깨달음과 사유를 통해 피어나기 때문일 것이다. 아무리 좋은 것을 가지고 있어도 그것을 깨닫지 못한다면 소용없다. 우리는 이토록 많은 것들을 만끽하며 살고 있지 않은가. 어쩌면 우리가 가진 것, 우리가 누리고 있는 것에 감사하는 일이 행복으로 가는 첫걸음일지도 모른다.

KBS에서 방송하는 '다큐멘터리 3일'이라는 프로그램이 있다. 제작진이 72시간 동안 사람들의 생활을 지켜보는 것인데, '인생만물상' 편을 보다 보니 고물을 주우며 살아가는 노인들의 모습에 마음이 많이 아팠다. 허리도 제대로 펴지 못하는 할머니가 자기 체중의 세 배나 되는 리어카를 끌고 가는 장면이 너무 안타까웠다. 먹고살 돈이 없어 고물을 팔아 라면 하나 사려 한다는 할머니. 집에 먹을 게 없어서 어젯밤에 설탕물 한 그릇 타 먹은 게 전부라며 고물상 주인에게 받은 요구르트를 마지막 한 방울까지 털어 넣는 모습에 촬영하던 VJ는 눈물을 흘렸고 나도 눈시울을 붉혔다.

생계가 힘들어 고물을 모으기도 했지만, 다른 이유로 고물을 줍는 할머니도 계셨다.

"부자 되려고 이렇게 열심히 하시는 거예요?"

VJ의 물음에 어느 할머니는 이렇게 답했다.

"늙어서 좋은 일 하고 가야지. 이승에서 빚을 많이 졌잖아요."

어렵게 고물을 주워오는 할머니들은 부자가 되려 하는 게 아니었다. 세상으로부터 은혜를 받고 살아왔으니 조금이라도 돈을 모아 그 빚을 갚고 싶다고 했다. 고물을 팔아 모은 돈으로 한 해에 1000만원을 기부한 분도 계셨다. 그 돈으로 당신께서 먹고 싶은 음식, 입고 싶은 옷을 사면 좋으련만, 그들은 그러지 않았다.

세상에는 이렇게 남을 도우며 사는 사람들이 많다. 아무리 각박해진 사회라지만, 그래도 따뜻한 온정을 품고 사는 이들이 남아 있다는 것은 다행스러운 일이다. 누가 시킨 일도 아니고 자신에게 득이 되는 일도 아닌데 남을 돕는 사람들에게는, 속 깊은 뜻이 있었다.

부끄럽지만, 나는 남을 많이 도우며 살지는 않았다. 그저 내 앞가림을 하느라 바빴다. 그러던 내가, 미처 알지 못했던 것을 깨닫게 된 계기가 있었다.

어느 날, 진료를 보는데 아주머니가 불쑥 들어와서는 왕진을 요청했다.

"과장님, 왕진 한 번만 와주시면 안 될까요?"

옆집 할머니가 뇌경색을 앓아 집에서 누워서만 사시는데, 장기요양보험 혜택을 받으려고 보험공단에 신청했더니 의사 소견서를 받아오라는 연락이 왔단다. 수년째 꼼짝없이 누워서 사는 할머니를 도저히 모시고 올 방법이 없다며 그냥 소견서를 써주시면 안 되겠느냐는 말에 나는 고개를 저었다. 환자를 보지도 않은 상태에서 보호자의 말만 듣고 소견서를 쓸 수는 없었다.

"할머니 모시고 오려면 구급차 불러서 와야 하는데 할머니 구급차에 태우는 것도 힘들고 시골이라 돈도 없고 참 큰일이네요."

그러면서 하는 말이 왕진을 와달라는 것이었다. 저희는 왕진을 하지 않는다며 정중히 사과를 드렸고, 보호자는 휴우 한숨을 내쉬며 진료실을 나섰다.

보호자를 내보내고 나니 계속 마음이 편치 않았다. 옆집 아주머니까지 병원에 오셔서 부탁하는 걸 보면 할머니 상태가 많이 안 좋으신 건 사실인 듯했다. 어찌해야 하나. 그날 밤 잠자리에서 곰곰이 생각한 나는 '비공식적 왕진'을 하기로 마음먹었다. 할머니 댁에 가서 상태만 확인하고 다음 날 보호자가 외래에서 소견서를 받아가면 문제 되지 않을 것 같았다.

아주머니에게 전화를 걸어 집 위치를 묻고, 차를 몰아 할머니 댁까지 갔다. 아주머니는 정말 오실 줄은 몰랐다며 놀라는 눈치였다. 방에 들어가보니 빼빼 마른 할머니 한 분이 누워 계셨는데, 오른쪽 팔다리를 못 쓰고 말씀도 못하시는 걸 보니 왼쪽 뇌가 크게 상하신 것 같았다. 구급차에 태우기조차 힘들다는 아주머니의 말씀이 옳았던 것이다.

왕진 간 김에 할머니 상태와 앞으로의 예후, 주의해야 할 점들을 알려주고 다음 날 외래에서 소견서를 받아가시라는 말과 함께 집을 나서는데, 딸기가 가득 든 스티로폼 박스 하나를 들고 아주머니가 쫓아오셨다. 괜찮다고 이런 거 바라고 온 거 아니라며 한사코 사양했지만, 집에서 직접 딴 딸기니까 맛이라도 보라고 성화였다. 차에 박스를 밀어 넣고 손사래 치는 아주머니의 뜻을 꺾을 수 없어 감사히 먹겠노라며 인사했다.

집에 와서 어머니께 박스를 내미니 깜짝 놀라셨다. 어디서 이렇게 좋은 딸기를 구했느냐는 것이다. 보통 위쪽에만 좋은 딸기를 놓고 아래엔 못생기고 작은 딸기를 숨겨놓기 마련인데, 이렇게 큼직하고 윤기 좋은 녀석으로 꽉 차 있는 딸기는 여간해서 보기 힘들다는 것이었다. 크고 예쁜 딸기만 골라서 박스에 넣었을 정성을 생각하니 오히려 내가 미안해질 지경이었다.

비록 내 왕진이 그리 대단한 일은 아니었지만 할머니에게 조금이나마 도움이 되었다면 그것만으로도 보람찬 일이 아닐까. 원칙을 따지면서 왕진을 가지 않았다면 두고두고 찜찜한 마음을 떨치지 못했을 것이다.

나는 할머니와의 왕진을 통해 행복에 대한 또 다른 실마리 하나를 찾았다. 남을 도울 때 행복이 찾아온다는 것을 깨달았다. 뭔가 보람 있는 일을 했을 때 우리는 행복을 느끼는 것이다.

불우한 이들을 도와주는 사람들의 얼굴에는 늘 행복이 어려 있었다. 왜 저렇게 행복해하는지 잘 이해되지 않았는데, 그 일 자체가 보람 있는 일이었기에 행복했던 것이다.

시간이 없고 바쁘다는 핑계로 남 돕는 일을 외면했던 내가, 그 일 이후로 조금씩 남들을 돌아보기 시작했다. 하지만 선뜻 봉사 활동을 시작할 용기는 나지 않아 천 리 길도 한 걸음부터라는 마음으로, 해외 빈곤 아동을 돕는 결연 후원을 시작했다. 최근 내가 후원하던 아이로부터 감사 편지를 받았다. 내 작은 도움이 누군가에게 큰 힘이 된다는 것은 뿌듯한 일이었다.

힘겹게 고물 팔아 모은 돈을 기부하는 할머니, 이른 아침부터 봉사 활동을 시작하는 아주머니, 누가 시키지도 않았는데 등산로의 쓰레기를 줍는 할아버지……. 그들의 얼굴에서 행복이 퍼져나가는 이유는 보람만으로도 기분이 좋아지기 때문일 것이다. 보람찬 일, 그것이 바로 행복으로 가는 또 하나의 길이었다.

회식 때문에 소고기집에 갔는데 새로 오픈한 집이라 그런지 밑반찬이 푸짐했다. 다진 김치를 시원하고 고소하게 버무린 뒤 물을 붓고 탱탱한 묵을 말아 한 그릇씩 내주었는데, 그 맛이 참 좋았다. 한 그릇을 뚝딱 해치운 나는 종업원에게 물었다.

"묵국이 맛있네요. 한 그릇 더 주시겠어요?"

종업원은 흔쾌히 묵국을 가져다주었다. 두 그릇째인데도 맛있었다. 그날 결국 나는 묵국을 세 그릇이나 먹고 말았다.

어머니는 묵을 참 잘 쑤셨다. 가을만 되면 도토리를 잘 말려 빻은 후 묵을 만들어주시곤 했다. 지금은 별미지만 어릴 적의 묵은 젓가락이 자주 가는 음식이 아니었다. 그저 밥상에 자주 오르는 밋밋한 음식일 뿐이었다.

묵국을 먹고 있노라니 한 사람이 떠오른다. 어느덧 연락이 끊긴 지 10여 년이 지났다. 내 젊은 날을 같이했던 사람이다.

그는 나보다 한 살이 많았다. 소설가가 되겠다고 열심히 자판을 두들겨대던 시절, 문학 동호회에서 그를 만났다. 문예창작학과에 다니던 형님이었는데 글을 참 맛깔나게 썼다. 동호회에서 이야기를 나누며 서로 친해졌고, 한 달에 한두 번은 주말에 만나 술을 마시며 문학과 인생에 대해 설익은 철학을 논하곤 했다. 나이는 한 살밖에 차이 나지 않았는데 글솜씨는 너무 큰 차이가 났고 나는 당연히 그를 우러러볼 수밖에 없었다.

하지만 신은 한 사람에게 모든 재능과 행운을 주지 않은 듯했다. 그에게도 고민이 있었는데, 조금 복잡한 가정사를 가지고 있었다. 어머니께서 돌아가신 후 아버지와 며느리가 서로를 이해하지 못하고 다투다, 결국 같은 집에 살면서도 대화조차 하지 않고 모른 척 살아가는 불행한 상황. 식구들 간의 갈등이 심화되어 '가족'이라는 의미마저 퇴색해갈 즈음 그는 결단을 내렸다. 더 이상 가정이 붕괴되는 것을 지켜볼 수 없었던 것이다. 일종의 시위로 장문의 편지를 써놓고 집을 나왔다. 가정이 싫어서 나온 게 아니라 가정의 변화를 위해 서로 생각할 계기를 만들어주고 싶었던 것이다.

막상 집을 나오니 갈 데가 없었고 그는 전국의 친구들을 만나는 여행을 시작했다. 그가 우리 동네에 찾아온 날, 밤늦게까지 술을 마시며 그의 이야기를 들었다. 그렇게 당당하던 그의 축 처진 어깨를 보니 마음이 아팠다. 담소를 나누다 보니 어느덧 자정이 되었다.

"형, 오늘은 저희 집에서 주무세요."

나는 그와 함께 집에 들어왔다. 부모님께는 간단히 인사만 하고 내 방으로 황급히 들어왔다. 부모님이 보시기에 자정이 넘어 술에 취해 들어온 남자가 탐탁지는 않았을 것이다. 게다가 당시 그는 긴 머리에 귀고리까지 하고 있었으니 달가워하실 리 없었다.

아침에 일어나서 어머니를 보니 표정이 영 좋지 않으셨다. 할 말이 없어 그냥 세수만 했다.

"와서 아침 먹어라."

맘에 들지 않는다 해도 아침을 굶길 수는 없으셨던지, 식탁에는 그와 내가 먹을 아침 식사가 차려져 있었다. 의자에 앉은 나는 인상을 찡그렸다.

'하필이면 이런 걸…….'

식탁에 묵국이 올라와 있었다. 내 얼굴이 달아올랐다. 왜 이런 촌스러운 음식을 내놨느냐며 화내고 싶었지만 그러질 못했다. 나의 롤모델이던 형님에게 도시적이고 세련된 이미지를 보여주고 싶었는데 시골 냄새 풀풀 나는 도토리묵이라니.

하지만 그는 개의치 않고 맛있게 묵국을 먹었다. 그리고 그날 오전, 나에게 고맙다는 인사를 하고 또 다른 도시를 향해 떠나갔다.

시간이 흘러 그도 다시 집으로 돌아갔다. 하지만 돌아와도 집안 상황이 크게 변하지는 않았다고 한다. 나중에 그는 고마웠다는 말을 하면서 문득 생각난 듯 이 말을 했다.

"근데 그때 아침에 먹었던 묵국 있잖아?"

나는 당황한 나머지 얼굴이 달아오르는 것 같았다. 역시 너무 촌
스러웠나? 서울에 사는 사람들은 이런 거 안 해 먹겠지? 우물쭈물
하면서 대답을 못하는데, 그가 말했다.

"그 묵국 참 맛있었어……. 정말 부럽더라."

예상치 못한 말에 나는 또 한 번 말을 잃었다. 정말 그게 맛이 있
었을까. 뭐가 부러웠던 걸까. 우리 집에는 넘쳐나는 것이 묵인데
그렇게 부러워할 정도로 귀한 음식이었나? 그때는 그 말의 뜻을
이해하지 못하고 그냥 넘어갔다.

십 수년을 훌쩍 넘겨 다시 묵국을 앞에 놓고 보니, 그때 그 형님
이 했던 말이 무엇인지 이제야 알 것 같다. 형님이 부러워했던 것
은 묵국이 아니었다. 아침에 일어나면 가족끼리 식탁에 앉아 밥을
먹을 수 있다는 것, 어머니가 해주신 묵국을 아침상으로 받을 수
있다는 게 너무나 부러웠던 것이다. 묵국은커녕 달걀 프라이 하나
얻어먹을 수 없는 집에 살다가, 손수 집에서 쑤어 만든 묵국을 앞
에 두고 보니 새삼 서러움이 몰려왔던 것이다.

지금은 나를 맞아주는 아내가 있지만, 총각 시절에는 직장 때문
에 꽤 오랜 시간 혼자 살았었다. 밤늦게 문을 열고 들어가면 깜깜
하고 차가운 공기가 나를 맞았다. 처음에는 잘 몰랐는데, 시간이
지날수록 그 어둠과 냉기가 싫었다. 예전에 느꼈던 집 안의 훈훈함
과 따스한 밥이 무척 그리웠다. 그가 묵국을 먹으면서 느꼈던 것이

이런 감정은 아니었을까. 가족끼리 둘러앉아 있기만 해도 따스함이 피어오르는 행복했던 시절을 떠올린것은 아닐까.

외롭지만 괜찮아.

그렇게 말하곤 했다. 한동안 애인 없이 쏘다닌 적이 있었다. 혼자 경주 일대를 여행하기도 하고, 홍콩·마카오에도 혼자 여행 갔었다. 홀로 뷔페를 먹으며 남들의 의아한 시선을 받아내야 했고, 멋진 풍경을 보며 함께 이야기할 사람이 없었지만 그래도 괜찮다고 생각했다. 호텔의 넓은 침대에 홀로 누워서도, 북적대는 푸딩 가게에서 모르는 커플과 합석해 밀크 푸딩을 먹으면서도 나는 괜찮다고, 문제없다고 말하곤 했다.

하지만, 역시, 외로웠다.

행복이라는 건 사랑이 아닐까. 어렴풋 그런 생각이 들었다. 사랑하는 가족, 사랑하는 연인이 있어야 행복을 느낄 수 있는 게 아닐까. 돌이켜보면 가정이 화목했던 이들은 모두 행복한 웃음을 짓고 있었던 것 같다. 사랑이 없는 인생도 행복할 수 있겠지만, 사랑이 있다면 더욱더 행복할 수 있는 게 인생이 아닐까.

문득 어머니가 해주던 묵국이 생각난다.

잠자는 약은 주지 마세요

한동안 불면증에 시달렸다. 일이 늦게 끝난 날은 운동을 하고 집에 오면 10시 가까운 시간이었다. 하루 일을 마무리하고 글을 끼적이다 보면 어느새 새벽 2시다. 이런 생활이 며칠 반복되다 보니 일찍 잠자리에 들어도 도통 잠이 오질 않았다.

불면증을 치료하는 신경과 의사가 불면증 때문에 고생한다는 것이 우습기도 하지만, 되도록 약을 먹지 않고 수면 사이클을 되돌리려 노력했다. 하지만 여전히 오후만 되면 식곤증과 함께 졸음이 몰려왔다.

그날도 나는 졸음을 달래며 환자를 보고 있었다. 나에게 꽤 오래 진료를 받던 할머니가 들어왔는데, 지난달에는 잠이 잘 안 오신다며 수면제를 좀 타 가지고 갔었다. 내가 불면증 때문에 고생해서인지 할머니는 그동안 잘 주무셨는지 궁금했다.

"할머니, 요즘은 잘 주무세요?"

"아니, 잘 못 자요."

"지난번에 드린 약 드셔도 못 주무세요?"

"아니…… 그건 아니고……."

할머니가 말꼬리를 흐렸다. 뭔가 문제가 있었던 모양이다.

"약 드시니까 안 좋던가요? 불편하신 거라도 있어요?"

"아니에요. 약 먹으면 잘 자는데…… 약을 안 먹었어요."

"왜요?"

할머니는 한숨을 푹 쉬시더니 머뭇머뭇하다가 조심스레 말을 꺼냈다.

"할아버지가 집에 계신데, 몸이 점점 안 좋아져서 이제는 걸어다니지도 못하고 그냥 바닥에 기어서 다니기밖에 못해요."

"저런……."

"밥도 잘 못 먹고, 요즘은 대소변도 잘 못 가리고 기력도 떨어져서, 보기가 너무 안쓰러워요. 차라리 그냥 편히 가셨으면 좋겠는데 너무 고생하시는 거 같아."

나는 잠자코 할머니의 이야기를 듣고 있었다. 할머니 눈에 눈물이 그렁그렁 맺히기 시작했다. 바싹 말라가는 할아버지의 모습이 눈앞에 그려졌다.

"내가 약을 먹으면 잠은 잘 자는데, 너무 걱정되는 거예요. 우리 할아버지가 이러다가 금방 어떻게 될 거 같은데 말이죠. 할아버지가 갑자기 몸이 안 좋아져서 나를 부르는데 내가 약을 먹고 그 소리를 못 들으면 어떡하나 싶어서……."

순간 나는 가슴이 울컥했다.

"그래서 약을 안 먹었어요. 우리 할아버지 그렇게 가시면 너무 외로울 텐데, 가시는 길 못 볼까 봐……."

할머니는 기어이 옷깃으로 눈물을 찍어냈다. 자신이 잠들지 못해 괴로워도, 혹시나 할아버지가 위급한 상황인데 그때를 놓칠까 봐 약을 먹지 못한다는 할머니의 마음이 절절히 다가왔다. 밤새 잠을 이루지 못하는 할머니의 모습이 떠올라 착잡했다.

"그러니까 이번엘랑 잠자는 약은 주지 마세요."

"네, 할머니. 나머지 약만 한 달 치 드릴게요."

나는 할머니에게 약을 처방해주었다. 할머니는 눈물을 훔치며 인사하고 진료실을 나섰다. 그 뒷모습이 애처로웠다. 할머니를 위해 내가 해줄 수 있는 일이 하나도 없다는 게 안타까웠다.

누군가를 위해 잠들지 못한다는 것은 얼마나 아름답고도 슬픈 일인가. 잠시 생각에 잠겼다. 나는 누군가를 위해 그토록 헌신적인 모습을 보여준 적이 있었던가. 크게 기억나는 일이 없어 마음이 숙연해졌다.

안도현 님의 시 중에 "연탄재, 함부로 발로 차지 마라. 너는 누구에게 한 번이라도 뜨거운 사람이었느냐?"라는 구절이 있다. 문득 묻고 싶어졌다.

너는 누구를 위해 한 번이라도 잠을 이루지 못한 적이 있었느냐.

너를 위해 잠을 못 이루던 고마운 사람이 있었더냐.

잠 못 이루는 것은 마찬가지지만, 나의 불면증이 너무나 부끄러운 하루였다.

진정한 행복은 그런 것이 아닐까. 누군가가 밤잠을 설칠 정도로 나를 아껴주는 사람이 있다면, 그렇게 해주고 싶은 사람이 있다면 그것만으로도 행복하지 않을까.

안 아퍼유

병실에 들어서려는 순간 간호사의 비명이 들렸다. 때렸어요. 때리는 거 제가 봤어요. 환자의 얼굴을 보니 왼쪽 눈두덩이 검푸르게 퉁퉁 부어 있었다. 몇 번이나 몸을 일으켜 침대에서 떨어질 뻔한 치매 할머니였다. 자꾸 일어나려 하자 그걸 말리던 아들이 주먹으로 마구 내리친 것이다.

아들은 어딘가 모자라 보였다. 나이는 마흔 남짓이었으나, 하는 행동이 어설펐고 대화할 때에도 엉뚱한 이야기를 하곤 했다. 그래도 별일 없으려니 했는데 결국 사고가 터진 것이다. TV에서 보던 가정 폭력의 한 장면이 머릿속에 휙 지나갔다.

나는 아들을 바라보았다. 경찰에 신고해야겠네요. 경찰이라는 말에 아들은 어쩔 줄 몰라 하며 '때린 게 아니라 자꾸 일어나기에

눕히려다 그런 거다'라며 횡설수설했다. 당황하는 걸 보면 심성이 악한 사람은 아닌 듯했다. 엑스레이를 찍어봤더니 다행히 골절은 없었다. 할아버지에게 연락해 간병하실 분을 바꿔달라고 하는 선에서 마무리를 지었다.

그들의 삶이 참 안타깝게 느껴졌다. 치매를 앓는 어머니와 지적장애 아들의 조합은 어떻게 해도 불행의 늪에서 빠져나올 수 없을 것 같았다. 난동을 부려 아들을 힘들게 만드는 어머니, 그걸 못 참고 주먹으로 어머니를 때리는 아들, 이런 상황을 타개할 만한 능력이 없는 가난. 삼박자가 딱 맞아떨어졌다.

내가 만약 할머니의 입장이었다면 어땠을까? 아들에게 얻어맞는 상황은 상상하고 싶지도 않았다. 그래, 그에 비하면 난 행복한 거야. 새삼스럽게 감사함을 느꼈다.

다음 날, 할머니를 찾아가보니 부기는 조금 가라앉았지만 시퍼런 멍은 여전했다. 안쓰러웠다. 못난 아들 때문에 할머니가 고생하는구나. 내가 눈을 가리키며 아프지 않으냐고 묻자 할머니는 배시시 웃었다.

"안 아퍼유."

할머니의 천연덕스러운 웃음에 허를 찔렸다. 할머니는 뭐가 그리도 좋은지 눈이 시퍼렇게 멍든 채 해맑게 웃고 있었다. 나도 모르게 할머니를 따라 웃어버렸다.

어쩌면 할머니에게서 눈물 한 방울을 기대했는지도 모른다. 못난 아들 때문에 내가 이 꼴이 되었으니 너무 서럽다며 흐느끼고,

내가 할머니의 어깨를 토닥이며 위로해줌으로써 이 슬픈 상황을 마무리 짓는 것이 내 시나리오였다. 하지만 할머니는 내 예상과 달리, 배시시 웃었다.

　진료실에 돌아와 찬찬히 생각해보니 뒤통수를 얻어맞은 것 같았다. 나는 지금까지 '무엇이 사람을 행복하게 하는가'만을 찾아다녔다. 경제적 안정, 건강, 보람찬 일, 여가생활, 단란한 가족…… 행복을 이루는 요소들이 무엇인지 궁금해했었다.
　하지만 그 어떤 것도 행복을 명확히 설명할 수 없었다. 가난하다고 해서, 여가를 즐길 시간이 없을 정도로 바쁘다고 해서, 가정불화가 있다고 해서 모두 불행한 것은 아닐 것이다. 할머니의 경우도 마찬가지였다. 행복은 누군가의 전유물이 아니다. 아들이 잘난 사람만, 어머니가 현명한 사람만 행복할 권리가 있는 것은 아니다. 재산이 많아야 행복할 수 있는 건 더더욱 아니다.
　그래, 무슨 상관인가. 자식이 지적 장애가 있든, 할머니가 치매에 걸렸든 그게 행복과 무슨 상관이겠는가. 그렇게 말하자면, 사지 멀쩡한 사람들은 매일매일 행복에 겨워 살아가야 할 텐데 이 세상엔 불행해하는 사람들 천지가 아니던가. 애초에 행복이든 불행이든 필요충분조건은 없었다. 모자라면 모자란 대로, 넘치면 넘치는 대로 그 안에서 찾아가야 하는 것이 행복이다. 못난 아들에게 얻어맞아 눈이 밤탱이가 되었어도, 허허 웃을 수 있다면 그것으로 족하다. 으리으리한 집에 번듯한 직장을 다니는 똑똑한 아들이 있어도 불행하지 말란 법은 없다.

할머니의 웃음은 너무 행복해 보였다. 나는 그렇게 행복한 웃음을 지으며 살아가고 있었던가. 겉만 번지르르한 삶을 사는 건 아니었을까. 행복이란 마음속에 있다는 말이 가슴에 와 닿았다.

비록 지병으로 세상을 일찍 뜨긴 했으나, 직장에서 고속 승진하며 승승장구하던 그분도 어쩌면 일하는 즐거움에 행복했을지 모른다. 벤츠 몰고 다니는 사람을 부러워하며 자기가 불행하다고 생각하는 건, 그저 남들과 자신을 비교하여 스스로 행복을 저버리는 행동일지 모른다. 같은 업무를 하면서도 보람을 느끼면 행복한 것이고, 귀찮고 짜증 난다고 생각하면 불행한 것이다.

나는 아직 행복이란 무엇인가에 대한 답을 얻지 못했다. 아니, 이젠 그 답을 찾는 고민을 멈추었다고 할 수도 있다.

산이 가파르고 높기 위해서는 골짜기가 깊어야 한다. 행복도 마찬가지다. 불행하지 않은 밋밋한 삶에서 행복을 찾기는 쉽지 않다. 인생이란 불행과 행복으로 엮인 천과 같다. 불행한 남을 보고, 불행했던 과거를 떠올리며 우리는 행복을 말한다. 가장 본능적인 행복은 그런 것일지도 모른다.

그렇다면 불행이 있어야 행복을 느끼는 것일까? 꼭 그렇지도 않다. 좀 더 나아가 생각해보면, 행복은 행복이고, 불행은 불행일 뿐이다. 어쩌면 행복이란 깨달음일지도 모른다. 내가 행복하다는 것을 깨달으면 행복한 것이고, 그것을 알아채지 못한다면 어떤 상황에서도 불행할 수밖에 없다.

행복이란 찾으려 한다고 해서 구할 수 있는 것이 아닌 듯싶다. 오히려 스스로의 마음이 더 중요하지 않을까. 남과 비교하지 않고 마음에 집중할 때 비로소 행복을 느끼는 것이 아닐까.

그래서 나는 이렇게 생각하기로 했다. 행복은 찾아오지 않는다고. 나만 몰랐을 뿐, 이미 내 마음속에 있었던 거라고. 그렇기에 행복은 밖에서 찾는 것이 아니라, 내 안에서 찾아야 한다고.

지금은 행복해?

내 주변에는 좋은 사람들이 많다. 그분들 덕분에 부족함이 많은 내가 지금까지 잘 살아올 수 있었는지도 모른다.

글쓰기도 마찬가지다. 내 글을 꼼꼼히 읽고 아낌없는 조언을 해주시는 고마운 분들 덕분에 등단 후에도 열심히 활동할 수 있었다. 아내 역시 글을 읽어보라고 건네주면, 열심히 읽어보고 나서 고칠 점을 말해준다.

이 책의 원고가 완성될 즈음, 글을 한번 살펴봐달라고 부탁했을 때 아내는 독자로서 세심한 충고를 해줬다. 나는 반쯤 장난으로 말했다.

"나한테 정신이 번쩍 들 만한 한마디 좀 해볼래?"

농담처럼 말한 것이었기에 별 기대를 하지 않았다. 잠시 생각하던 아내는 웃으며 말했다.

"그래서, 지금은 행복해?"

갑자기 가슴이 턱 막혔다. 무방비 상태에서 아내가 날린 말은, 그야말로 정신이 번쩍 드는 한마디였다.

그날 밤, 잠든 아내를 두고 거실로 나왔다. 낮에 한 말이 머릿속을 떠나지 않았다. 나는 가만히 생각에 잠겼다. 처음 고슴도치를 분양받았던 때가 떠올랐다. 가시를 세운 채 오들오들 떨고 있던 뽀치. 방송 촬영을 하느라 고슴도치들을 케이지에 넣고 시내에 나가 사람들과 인터뷰했던 걸 생각하니 입가에 미소가 떠올랐다. 엄청나게 넘어지고 멍이 들었지만, 스노보드를 배운 것은 탁월한 선택이었다. 지금의 내 인생에서 스노보드를 뺀다면 얼마나 허전할까. 비록 지금은 치명적인 요요 현상에 시달리고 있지만 식스팩을 만들었던 것도 잊지 못할 추억이다. 항상 외로워하고 폐인처럼 지내던 내가, 이제는 부지런한 아내 덕에 멀끔하게 살고 있다.

행복이라는 것은 실체가 없기에, 매 시간 행복하다고 느끼며 살지는 않았다. 나도 모르게 쌓여가는 것이어서 미처 깨닫지 못했는지도 모른다. 하지만 아내의 말을 듣고, 예전을 떠올려보니 가슴이 먹먹해져왔다.

이 모든 것이 사라진다면.

가슴에서 뭔가 뜨거운 것이 느껴지고, 눈물이 날 것만 같았다. 잃고 나서야 소중함을 깨닫는다는 말처럼, 아내의 말 한마디에 나는 내게 소중한 것들, 소중한 사람들을 깨달았던 것이다.

지금은 행복해?

항상 행복한 일들만 있는 것은 아니다. 여전히 힘든 일들은 많고, 스트레스를 받으며 살아가고, 하는 일은 잘 풀리지 않는다. 세상의 기대는 내 어깨에 짐을 올려놓고, 실수와 잘못에 늘 반성하며 살아가고 있다. 그럼에도 불구하고, 아내의 말에 가슴이 먹먹했던 건 내 마음 한구석에 행복이 담겨 있어서가 아니었을까.

의사 수필가 정명희 선생님께서 쓰신 글 중에 〈행복해지고 싶으면〉이라는 수필이 있다. 마음에 와 닿는 글귀를 인용해 내 마음을 대신해볼까 한다.

날마다 나는 선택을 한다. 행복과 불행 중에서 행복한 쪽을. 행복해지려면 행복하다고 생각하라. 행복은 조건이 아니라 느끼는 자의 몫일 테니까.

나 또한 그렇게 살아가려고 한다. 행복하게…….

가슴을 뛰게 하는 한마디

초판 1쇄 발행 | 2013년 8월 7일
초판 2쇄 발행 | 2013년 11월 15일

지은이 | 권준우
발행인 | 김태진 · 승영란
편집주간 | 김태정
디자인 | 여상우
마케팅 | 함송이 · 강소연
출력 | 한국커뮤니케이션
인쇄 | 미래프린팅
펴낸곳 | 에디터
주소 | 서울특별시 마포구 공덕동 105-219 정화빌딩 3층
문의 | 02-753-2700, 2778 FAX 02-753-2779
등록 | 1991년 6월 18일 제313-1991-74호

값 13,000원
ISBN 978-89-6744-015-2 03810